SCIENCE FICTION

Herausgegeben
von Wolfgang Jeschke

Ein Verzeichnis aller STAR TREK-Romane
finden Sie am Schluß des Bandes.

STARFLEET KADETTEN

# STAR TREK®

JOHN PEEL

# EIN TRIP DURCH DAS WURMLOCH

Star Trek®
Starfleet Kadetten
Band 14

Deutsche Erstausgabe

WILHELM HEYNE VERLAG
MÜNCHEN

HEYNE SCIENCE FICTION & FANTASY
Band 06/6514

Titel der Originalausgabe
STAR TREK: DEEP SPACE NINE # 6:
FIELD TRIP

Aus dem Amerikanischen übersetzt von
UWE ANTON

*Umwelthinweis:*
Dieses Buch wurde auf
chlor- und säurefreiem Papier gedruckt.

Redaktion: Rainer-Michael Rahn

Erstausgabe by Pocket Books/Simon & Schuster, Inc., New York

Printed in Germany 1997
Umschlagbild: Alan Gutierrez/Pocket Books
Innenillustrationen: Todd Cameron Hamilton
Umschlaggestaltung: Atelier Ingrid Schütz, München
Technische Betreuung: M. Spinola
Satz: Schaber Satz- und Datentechnik, Wels
Druck und Bindung: Ebner Ulm

ISBN 3-453-11925-8

*Dieses Buch ist*
*Bob und Patti McLaughlin gewidmet,*
*denen ich für ihre*
*Gastfreundschaft danken möchte.*

## DEEP SPACE NINE
## PLAN DER STATION

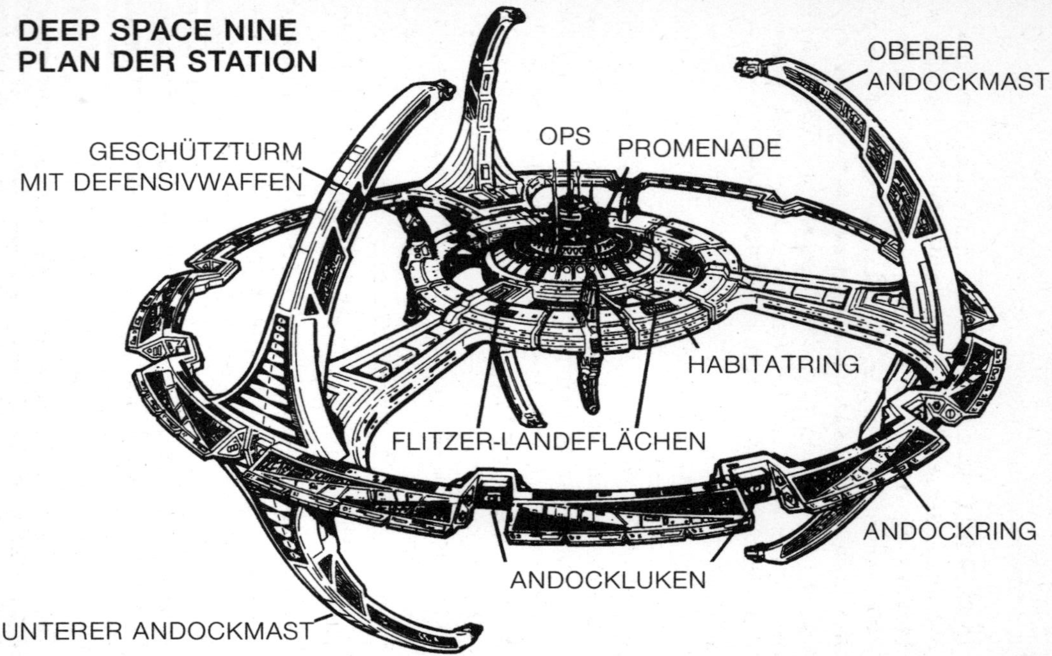

## STAR TREK: DEEP SPACE NINE
## Die Hauptpersonen

---

**JAKE SISKO** – Jake ist Teenager und der einzige menschliche Junge, der ständig auf Deep Space Nine wohnt. Jakes Mutter starb, als er noch sehr klein war. Er kam mit seinem Vater auf die Raumstation, fand dort aber nur sehr wenige Kinder in seinem Alter vor. Er erinnert sich nicht an das Leben auf der Erde, mag aber Baseball und Schokoriegel und würde sich am liebsten vor seinen Hausaufgaben drücken. Sein Vater billigt seine Freundschaft mit Nog nicht.

**NOG** – Ein junger Ferengi, dessen wichtigstes Ziel im Leben es ist, Geld zu verdienen. Darin unterscheidet er sich nicht von den anderen Mitgliedern seiner Spezies. Es stört ihn nicht, daß sein Vater Rom häufig geschäftlich unterwegs ist und sein Onkel Quark dann auf ihn aufpaßt. Nog hält die Menschen mit ihren Vorstellungen von Vertrauen, Hilfsbereitschaft und Freundschaft für seltsam. Er versteht Jake nicht immer, doch da sein Vater ihm den Umgang mit dem Jungen von der Erde verboten hat, sind Nog und Jake die besten Freunde. Nog spielt anderen gern Streiche, versucht aber immer, Odo aus dem Weg zu gehen.

**COMMANDER BENJAMIN SISKO** – Jakes Vater wurde von Starfleet Command als Befehlshaber der Raumstation und Verbindungsoffizier zwischen der Föderation und Bajor nach Deep Space Nine versetzt. Seine Frau kam bei einem Angriff der Borg ums Leben, und er zieht Jake allein groß. Er hat stets sehr viel zu tun, bemüht sich jedoch, mehr Zeit für seinen Sohn zu finden.

**ODO** – Der Sicherheitsoffizier wurde vor vielen Jahren von bajoranischen Wissenschaftlern gefunden und weiß nicht, woher er ursprünglich stammt. Er ist ein Gestaltwandler und kann daher für eine gewisse Zeit jede beliebige Form annehmen. Normalerweise bewahrt er ein menschenähnliches Äußeres, doch etwa alle sechzehn Stunden fällt er in seinen natürlichen flüssigen Zustand zurück. Gesetzesbrechern bringt er keine Nachsicht entgegen, und Ferengi noch weniger.

**MAJOR KIRA NERYS** – Kira war während der Besetzung Bajors durch die Cardassianer Freiheitskämpferin im bajoranischen Untergrund. Nun vertritt sie auf der Station die Interessen Bajors und ist Siskos Erster Offizier. Ihr Temperament ist legendär.

**LIEUTENANT JADZIA DAX** – Eine alte Freundin von Commander Sisko und Wissenschaftsoffizier. Dax ist eine Trill und besteht in Wirklichkeit aus zwei miteinander verbundenen Wesen. Im Wirtskörper einer jungen Frau lebt ein Symbiont mit eigenständigem Bewußtsein. Sisko kannte den Symbionten Dax in dem vorhergehenden Gastkörper, der männlich war.

**DR. JULIAN BASHIR** – Der abenteuerlustige Dr. Bashir zählte zu den besten Studenten seines Jahrgangs und bat darum, auf einen Außenposten am Rand des Föderationsraums versetzt zu werden. Seine Begeisterungsfähigkeit bringt ihn manchmal in Schwierigkeiten.

**MILES O'BRIEN** – Früher Transporter-Chef an Bord der *USS Enterprise* und nun Leiter der technischen Abteilung auf Deep Space Nine.

**KEIKO O'BRIEN** – Keiko war auf der *Enterprise* Botanikerin, zog aber mit ihrem Ehemann und ihrer kleinen Tochter Molly auf die Station um. Da es für eine Botanikerin auf Deep Space Nine kaum etwas zu tun gibt, hat sie eine Schule eröffnet und unterrichtet alle Kinder, die ständig oder auch nur zeitweise auf der Station wohnen.

**QUARK** – Der Ferengi ist Nogs Onkel und Geschäftsmann. Ihm gehört ein Restaurant, dem ein Spielkasino und Holo-Kammern angeschlossen sind. Es befindet sich auf der Promenade, dem zentralen Schauplatz zahlreicher Aktivitäten auf der Station. Quark hat bei jedem Geschäft, das an Bord gemacht wird, die Hand im Spiel, und schafft es fast immer, dem Gesetz – normalerweise in Gestalt von Odo – einen Schritt voraus zu bleiben.

**Historische Anmerkung:**
Die Handlung dieser Story spielt während der ersten und zweiten Staffel der Fernsehserie *Deep Space Nine.*

# 1

»Es ist doch absolut ungefährlich. Was sollte da schiefgehen?« – Diese Worte würden Jake später im Traum verfolgen, doch als er sie das erste Mal hörte, glaubte er inbrünstig an sie. Erst später sollte sich Keiko O'Briens Kommentar als durch und durch – und fast tödlich – falsch erweisen.

Mrs. O'Brien unterrichtete ihre kleine Klasse gerade in Astronomie. Der Computer projizierte ein großes Hologramm der Galaxis dicht über ihren Köpfen in die Luft. Die vier Quadranten der Galaxis waren etwas abgedunkelt, und Mrs. O'Brien zeigte mit einem Laserstab auf die einzelnen Sterne.

»Das ist Sol«, erklärte sie, und der Lichtstrahl fiel auf einen kleinen Stern am Rand eines Arms der Galaxis. »Die Erde ist Sol Drei. Und das ist, was die Menschen 40 Eridani nennen.« Sie zeigte auf einen Stern in der Nähe des ersten. »Das ist die Sonne des Planeten Vulkan. Wie ihr seht, befinden beide Sterne sich im Alpha-Quadranten. Wer kann mir jetzt zeigen, wo Deep Space Nine liegt?«

Natürlich war T'Aras Hand zuerst oben. Jakes folgte als wesentlich langsamere zweite. Jakes bester Freund Nog verdrehte lediglich empört die Augen.

Wie die meisten Vulkanierinnen war T'Ara groß, schlank und sehr ernst. Sie hatte langes dunkles Haar, das normalerweise hinten zu einem Pferdeschwanz zusammengebunden war, der ihre spitzen Ohren freiließ und vorne gerade auf ihre Stirn fiel, so daß man

ihre schrägen Brauen sehen konnte. Die Vulkanier hielten nichts davon, daß Emotionen ihr Leben beherrschten, und verbargen ihre Gefühle daher sorgsam. Trotz ihrer Reife war T'Ara erst sieben Jahre alt, und daher verlor sie gelegentlich die Beherrschung über ihre Gefühle. In einem solchen Fall schämte sie sich immer, und deshalb taten ihre Freunde so, als bemerkten sie es nicht. Mrs. O'Brien gab T'Ara den Laserstab, und sie deutete damit auf einen Stern im Alpha-Quadranten.

»Ganz genau«, erklärte die Lehrerin. »Die meisten Welten, die wir bislang erforscht haben, liegen entweder im Alpha- oder im Beta-Quadranten. Und dank des Wurmlochs haben wir natürlich auch schon einige Sonnensysteme im Gamma-Quadranten erkundet.«

So wichtig gemacht hatte Deep Space Nine die Entdeckung des Wurmlochs. Dabei handelte es sich um einen seltsamen, fast unvorstellbaren Tunnel durch den Weltraum. Das eine Ende befand sich hier, im All in der Nähe des Planeten Bajor. Das andere lag im Gamma-Quadranten, etwa 70 000 Lichtjahre entfernt. Das Wurmloch war sozusagen eine Abkürzung im All, die Schiffen Jahre und Jahrzehnte der Reise ersparte. Vor der Entdeckung des Wurmlochs hatte niemand etwas über den Gamma-Quadranten gewußt. Nun gab es einen blühenden Handel, und Schiffe flogen ständig durch das Wurmloch hin und zurück. Das einzige Problem war – jedenfalls aus Jakes Sicht –, daß er noch nie die Erlaubnis bekommen hatte hindurchzufliegen.

Jake beugte sich etwas vor. »Nur, daß wir diese Sterne nie zu sehen bekommen, nicht wahr?«

Ashley nickte. »Das stimmt, Mrs. O'Brien. Wir sitzen direkt vor dem Wurmloch, dürfen aber nicht mal einen Blick hindurchwerfen. Das ist nicht fair, oder?«

Ashley Fontana war T'Aras beste Freundin, ein Menschenmädchen, dessen Mutter in der technischen Abteilung von Chief O'Brien arbeitete. Ashley war etwas jünger als Jake, hatte langes blondes Haar, und ihre Fähigkeiten, Maschinen zu reparieren, waren fast so gut, wie sie selbst glaubte.

»Nun ja«, sagte ihre Lehrerin vorsichtig. »Wahrscheinlich wollen sich alle zuerst vergewissern, daß es nicht gefährlich ist.«

»Na klar«, sagte Jake. »Das Wurmloch wird jetzt seit über einem Jahr erforscht. Was glauben Sie, wann werden sie es für ungefährlich halten?«

T'Ara hätte fast gelächelt. »Sind *Sie* jemals durch das Wurmloch geflogen?« fragte sie Mrs. O'Brien.

Ihre Lehrerin zeigte sich von der Frage überrascht. »Nein«, gestand sie ein. »Noch nicht.«

»Würden Sie nicht mal gern durch das Wurmloch fliegen?« fragte T'Ara unschuldig. Jake konnte sich kaum zurückhalten, laut loszulachen. Er sah, daß die Mundwinkel der jungen Vulkanierin zuckten.

»Na ja«, erwiderte die Lehrerin. »Natürlich würde ich gern fliegen. Aber so einfach ist das nicht, und ...« Sie verstummte, als sie bemerkte, daß all ihre Schüler sie mit grinsenden Gesichtern betrachteten – abgesehen von T'Ara, der es irgendwie gelang, ihre Erheiterung auf ein leichtes Zucken ihrer Lippen zu beschränken. »Genug davon«, sagte die Lehrerin energisch. »Kehren wir lieber zum Unterrichtsstoff zurück, ohne uns ablenken zu lassen, ja?«

Der Unterricht ging weiter, und Jake dachte, das Thema sei damit erledigt. Zu seiner Überraschung lag er damit falsch. Als er und sein Vater an diesem Abend in ihrem Quartier gemeinsam beim Essen saßen, summte plötzlich der Türcomputer.

»Herein!« rief Commander Sisko, und der Computer öffnete die Tür.

Mrs. O'Brien kam herein. Als sie die fast leeren Dessertteller sah, entschuldigte sie sich sofort. »Oh, es tut mir leid. Ich kann später noch mal vorbeikommen.«

»Schon in Ordnung«, sagte Jakes Vater. »Wir sind gerade fertig. Jake, würdest du das Geschirr zum Recycler bringen?«

Jake verstand die Andeutung sofort. Die Erwachsenen mußten irgend etwas besprechen, und sein Vater wollte ihn aus dem Weg haben. »Äh, klar«, sagte er. Er war diese Prozedur gewöhnt.

»Nein«, sagte Mrs. O'Brien schnell. »Es ist nicht nötig, daß Jake geht. Nicht zuletzt wegen ihm bin ich ja hier.«

Commander Sisko warf seinem Sohn einen Blick zu, der zu besagen schien: *Was hast du jetzt schon wieder angestellt?* »Ich verstehe. Hat er mit Nog wieder irgendeinen Unsinn ausgeheckt?«

»Nein, nichts dergleichen«, versicherte die Lehrerin ihm. »Ganz im Gegenteil. Er und seine Freunde haben heute im Unterricht einen Vorschlag gemacht, der einiges für sich zu haben scheint.«

»Wirklich?« fragte Jake erstaunt. Er hatte zwar nicht damit gerechnet, daß sie irgendwelche Klagen über ihn vorbringen wollte, aber man konnte nie genau sagen, was im Verstand eines Lehrers vor sich ging.

»Wirklich«, bekräftigte sie und lächelte ihm zu. Seinem Vater erklärte sie: »Sie haben eine Exkursion vorgeschlagen.«

Commander Sisko runzelte nachdenklich die Stirn. »Eine Exkursion?« fragte er.

»Ja«, erwiderte Mrs. O'Brien. »Keiner von ihnen hat die Station so richtig verlassen, seitdem wir hierher gekommen sind, mal abgesehen von ein paar Ausflügen nach Bajor.« Jake zuckte zusammen, als er an seinen letzten Trip auf den Planeten dachte, und an die unerwarteten Folgen, die ihr unüberlegter Entschluß – Nog hatte ihn damals begleitet – gehabt hatte. »Sie werden ziemlich unruhig, und ich dachte, eine Exkursion wäre genau das Richtige – sie kommen mal aus der Station heraus und erleben etwas Interessanteres.«

»Ah ja«, sagte Jakes Vater zurückhaltend. »Sie bitten also um meine Erlaubnis? Und möchten, daß ich Ihnen einen Flitzer zur Verfügung stelle.«

»Genau, Commander«, erklärte die Lehrerin.

Sein Vater nickte. »Na ja, für mich hört sich das ganz logisch an.« Er lächelte Jake kurz zu. »Reisen bildet, wie es so schön heißt, und diese jungen Leute brauchen alle Bildung, die sie kriegen können. Wohin wollen Sie also mit ihnen fliegen? Zu den Feuerfällen von Ushara? Der Klosterfestung von Kai-tona? Den Gärten der reinen Freude?«

Mrs. O'Brien schüttelte den Kopf. »Nichts davon«, gestand sie ein. »Eigentlich habe ich überhaupt nicht an Bajor gedacht.«

Commander Sisko zuckte mit den Achseln. »Dann Andros?« sagte er und nannte einen ganz in der Nähe liegenden Planeten. »Oder den Asteroidengürtel?«

»Eigentlich habe ich an Cetus Beta gedacht«, erwiderte Mrs. O'Brien.

Es dauerte einen Augenblick, bis der Name in sein Bewußtsein vorgedrungen war; dann starrte Jakes Vater sie erstaunt an. »Cetus Beta?« wiederholte er. »Im *Gamma-Quadranten?* Ihnen ist doch klar, daß das völlig außer Frage steht?«

Jake hatte das Gespräch mit Interesse verfolgt – und dann mit Begeisterung, als seine Lehrerin einen Trip durch das Wurmloch vorgeschlagen hatte, einen Flug zu einer Welt im Gamma-Quadranten. Doch sein Mut verließ ihn wieder, als er sah, wie entschlossen sein Vater ablehnte. »Ach, Dad!« protestierte er.

Commander Sisko runzelte die Stirn. »Sag nicht ›Ach, Dad!‹ zu mir«, sagte er. An Mrs. O'Brien gewandt, fügte er hinzu: »Ihnen ist doch klar, wie gefährlich so ein Trip wäre, oder, Keiko?«

Zu Jakes Überraschung machte Mrs. O'Brien keinen Rückzieher. »Keineswegs«, erwiderte sie ruhig. »Ich habe meine Hausaufgaben gemacht, Commander. Cetus Beta ist eines der nächsten Sonnensysteme auf der anderen Seite des Wurmlochs. Im gesamten System gibt es keine intelligente einheimische Spezies, und auf Cetus Beta selbst kommt absolut kein tierisches Leben vor, ganz gleich welcher Art. Auf der gesamten Welt gibt es ausschließlich Pflanzen. Es ist so ziemlich der sicherste Planet, den wir je entdeckt haben, und er wurde von zwei wissenschaftlichen Schiffen der Föderation erforscht und für absolut harmlos erklärt.«

Commander Siskos Stirnrunzeln schwächte sich etwas ab. »Ich verstehe. Sonst noch etwas?«

»Nur noch eines«, antwortete die Lehrerin. »Meine Schüler befinden sich in unmittelbarer Nähe des Wurmlochs und werden allmählich ungeduldig. Ist Ihnen klar, daß sie liebend gern mal feststellen würden, wie es ist, wenn man hindurchfliegt? Es ist da draußen und stellt eine gewaltige Verlockung dar. Sie wissen ja, wie Kinder sein können, Commander. Was meinen Sie, wie lange wird es dauern, bis eines von ihnen den Entschluß faßt, sich auf ein Schiff zu schleichen, das durch das Wurmloch fliegt?«

Sein Vater bedachte Jake mit einem Stirnrunzeln.

»Wie ich diese Schlingel kenne«, gestand er ein, »erstaunt es mich, daß es noch keiner von ihnen versucht hat. Sie schlagen also einen genehmigten Trip durch das Wurmloch vor, um ihre Neugier zu befriedigen?«

»Einen genehmigten, ungefährlichen und verantwortungsvollen Trip«, erklärte Mrs. O'Brien. Sie schien zu spüren, daß der Sieg in greifbarer Nähe lag. »Nur zehn Schüler«, fügte sie hinzu. »Jake, Nog, T'Ara, Ashley und sechs Bajoraner. Ich fliege mit, und dann ist da natürlich noch der Pilot des Flitzers. Wir würden eine Woche lang auf Cetus Beta kampieren und dann zurückkehren. Es ist absolut ungefährlich. Was sollte da schiefgehen?«

# 2

Jake fiel es unglaublich schwer, den Mund zu halten. Er hätte liebend gern versucht, Mrs. O'Brien dabei zu helfen, seinen Vater zu überreden. Er wußte jedoch, daß sein Vater wahrscheinlich nur noch sturer reagieren würde, wenn er die Erwachsenen unterbrach, und so gelang es ihm irgendwie, still zu bleiben. Er konnte jedoch nicht verhindern, daß die Begeisterung, die er empfand, sich auf seinem Gesicht zeigte und sein Vater sie sah.

Lachend schüttelte Commander Sisko den Kopf. »Es sieht so aus, als sollte ich lieber zustimmen«, gestand er ein. »Wenn nicht, werde ich von nun an jedes Schiff, das die Station verläßt, durchsuchen lassen müssen, um mich zu überzeugen, daß mein Sohn nicht Teil der Fracht ist.«

»Ja!« explodierte Jake. »Das ist Spitze, Dad!«

»Aber«, sagte sein Vater und hob warnend eine Hand, »eines müssen wir von vornherein klarstellen. Du und deine Freunde werdet *alles* tun, was Mrs. O'Brien euch sagt, oder ihr werdet euer Leben lang nicht mehr von der Station runterkommen. Ist das klar?«

»Ja, sicher, klar wie Kloßbrühe«, stimmte Jake glücklich zu.

Sein Vater wandte sich an Mrs. O'Brien. »Na schön, Keiko«, fügte er hinzu. »Ich glaube, Sie haben recht. Diese jungen Leute sind schon zu lange auf DS9 eingepfercht. Und Cetus Beta ist wahrscheinlich viel sicherer als Bajor. Sie bekommen für einen Aufenthalt von einer Woche einen Flitzer und einen Piloten. Lassen Sie mir Ihren Zeitplan und die Aufstellung des Proviants zukommen, den Sie brauchen.« Er schaute noch einmal Jake an und grinste. »Ich hoffe, Sie wollen diesen Trip ziemlich bald durchführen. Ihre Schüler werden Sie jedenfalls nicht mehr sehr lange im Zaum halten können.«

Mrs. O'Brien lächelte ihn betörend an. »Ich hatte gehofft, in ein paar Tagen aufbrechen zu können.«

»Ausgezeichnet.« Jakes Vater lächelte. »Cetus Beta ist eine Welt voller Pflanzen, sagen Sie? Ihre Liebe für die Botanik hat nicht zufällig etwas damit zu tun, daß Sie sich ausgerechnet für diese Welt entschieden haben, oder?«

»Eine Menge«, gestand die Lehrerin ein. Bevor sie und ihr Ehemann nach DS9 versetzt worden waren, war sie Botanikerin auf der *USS Enterprise* gewesen. »Aber ich habe den Planeten in erster Linie deshalb ausgewählt, weil er absolut ungefährlich ist. Sie wissen doch, ich würde nie etwas tun, was meine Schüler in Gefahr bringen könnte.«

»Ja«, stimmte Commander Sisko zu. »Ich weiß, wie genau Sie es mit Ihren Pflichten nehmen und wie sehr Sie Ihre Schüler mögen. Und trotz gelegentlich auftretender Probleme mögen sie Sie wohl genauso gern.« Er kicherte. »Und nachdem sie von diesem Trip gehört haben, wahrscheinlich noch mehr.«

Jake konnte es kaum abwarten, bis seine Lehrerin gegangen war. Dann rief er sofort Nog an und erzählte seinem Ferengi-Freund die tolle Nachricht. Er sprudelte vor Aufregung angesichts des Gedankens über, endlich einen Trip durch das Wurmloch und zu einer völlig fremden Welt im Gamma-Quadranten zu machen.

»Toll«, fiel Nog ein. »Das heißt, wir haben eine Woche lang keinen Unterricht. Das gefällt mir.« Typisch, daß Nog so dachte! Er mochte die Schule nicht und besuchte sie nur, um mit seinen Freunden zusammen zu sein.

Danach rief Jake Ashley an, um es auch ihr zu erzählen. Sie war wesentlich begeisterter und jubelte vor Freude. Sie unterbrach die Verbindung schnell wieder, damit sie T'Ara anrufen und es ihr mitteilen konnte. Es würde ein ganz toller Trip werden, das stand auf jeden Fall fest.

Doch am folgenden Morgen sah alles schon nicht mehr so rosig aus. Als Jake Nog auf dem Weg zur

Schule traf, runzelte der junge Ferengi wütend die Stirn. »Was ist los?« fragte Jake.

»Mein Onkel will mich nicht mitfliegen lassen«, beklagte Nog sich. »Er sagt, der Trip sei reine Zeitverschwendung.«

Das war ja einfach schrecklich! Jake wollte zwar unbedingt an der Exkursion teilnehmen, würde aber bestimmt nur halb soviel Spaß haben, wenn Nog nicht ebenfalls mitfliegen konnte. »Vielleicht überlegt er es sich noch anders«, sagte er hoffnungsvoll.

»Onkel Quark?« sagte Nog spöttisch. »Der überlegt sich doch nur, ob er lieber Geldscheine oder Münzen nehmen soll.« Er seufzte laut. »Ich muß hierbleiben, während ihr euren Spaß habt, so einfach ist das. Und in der Schule bekommen wir eine Vertretung, wahrscheinlich sogar« – ihn schauderte bei dem Gedanken – »Darl Tavros.«

Jake schüttelte verzweifelt den Kopf. »Du mußt einfach mitkommen, Nog! Ohne dich macht die ganze Sache doch keinen Spaß. Es muß eine Möglichkeit geben, deinen Onkel dazu zu bringen, dir doch noch die Erlaubnis zu geben.« Als er darüber nachdachte, was Nog gesagt hatte, kam ihm eine Idee. »Ich weiß auch schon, wie wir es anstellen! Was liebt dein Onkel mehr als alles andere?«

»Das ist doch keine Frage«, sagte Nog. »Geld. Er ist ein guter Ferengi.« Es klang ganz so, als wäre er auf seinen Onkel stolz.

»Dann müssen wir so und nicht anders vorgehen«, sagte Jake, überzeugt, die richtige Strategie entwickelt zu haben. »Komm mit.« Er führte seinen skeptischen Freund zurück in das Spielkasino seines Onkels. Quark war dort und überwachte gerade die Vorbereitungen für das tägliche Spiel. Nogs Vater, Rom, ging geschäftig seiner Arbeit nach. Jake wußte, daß es zwecklos war, sich an Rom zu wenden – er würde niemals einer Entscheidung widersprechen, die Quark getroffen hatte. Wie bei allen Ferengifamilien bestimmte der älteste Bruder die Regeln, an die sich alle hielten.

Quark schaute auf, als Jake zu ihm ging. »Die Antwort ist nein, ganz gleich, wie die Frage lautet«, fauchte er. Er war wie üblich griesgrämiger Stimmung.

»Aber Sie haben mich doch noch gar nicht angehört!« protestierte Jake.

»Ich muß dich nicht anhören«, erwiderte Quark. »Du hast nichts zu sagen, was mich interessieren könnte.« Er drehte den beiden Freunden den Rücken zu und konzentrierte sich auf das elektronische Notizbuch, das er in der Hand hielt.

»Wie schade«, sagte Jake. »Tut mir leid, Nog, dann muß ich den ganzen Profit eben allein machen.« Er wandte sich ab.

Wie er es erwartet hatte, kam er nicht weit. Quarks Hand schoß vor und legte sich um seinen Arm. »Profit?« wiederholte der Ferengi und betrachtete seinen Neffen stirnrunzelnd. »Du hast nichts von einem Profit gesagt. Ich dachte, das sei einfach eine lächerliche Exkursion mit deiner Schule.«

Jake zuckte mit den Achseln. »Mehr ist es auch nicht«, sagte er unschuldig.

»Du kannst mich nicht täuschen«, schnappte Quark. »Ist das nicht nur so eine lächerliche menschliche Unternehmung – in die Ferien gehen, Urlaub machen, so was in der Art? Und das noch auf einer Welt, auf der es nur Pflanzen gibt? Nicht mal ein paar schöne, gewinnbringende Ruinen voller Antiquitäten?«

»Genau«, bejahte Jake. »Da sind lediglich Pflanzen. Zerbrechen Sie sich also nicht den Kopf darüber.«

Quark betrachtete ihn mißtrauisch. »Warum bist du dann so versessen darauf, dorthin zu fliegen?« fragte er. »Du hast doch irgend etwas vor, oder? Ich rieche es. Also raus damit!«

Jake zuckte ausweichend mit den Achseln. »Tja, ich sollte es wohl lieber zugeben«, sagte er. »Medikamente.«

»Medikamente?« fragte Quark. »Wovon sprichst du? Bist du krank?«

»Nein«, sagte Jake. »Aber Sie werden bestimmt krank, wenn Sie sich nicht an dieser Sache beteiligen. Woraus werden die meisten Medikamente entwickelt? Aus Pflanzen, oder? Und wir fliegen zu einem Planeten voller Pflanzen, die noch nie auf ihren medizinischen Wert untersucht wurden. Ich wette, es gibt Hunderte von Pflanzen auf Cetus Beta, die lebensrettende Eigenschaften haben.«

»Tausende«, fügte Nog hinzu, der den gierigen Blick in den Augen seines Onkels bemerkt hatte. »Und noch niemand hat sie bislang untersuchen können.«

Quark versuchte, die Gier in seiner Stimme zu verbergen. »Wie ich schon sagte, Nog«, schnurrte er, »so ein kleiner Trip durch das Wurmloch wird dir unendlich guttun. Wird *uns* unendlich guttun. Sorge nur dafür, daß du jede Menge Pflanzenproben zurückbringst, ja? Ein paar Blumen würden mein Quartier bestimmt verschönern.«

Nog kicherte. »Und wie hoch ist mein Anteil?« fragte er.

»*Unser* Anteil«, verbesserte Jake. »Es war *meine* Idee.«

Quark überlegte. »Fünf Prozent«, sagte er schließlich.

»Kommt nicht in Frage«, sagte Jake sofort. Das erste Angebot eines Ferengi konnte man stets vergessen.

Quark seufzte theatralisch und wand sich. »Pro Kopf«, fügte er hinzu.

»Abgemacht«, sagte Nog schnell. Er ergriff Jakes Arm und führte seinen Freund grinsend davon. »Nicht schlecht für einen Menschen. Du hast ihn dazu gebracht, mir zu erlauben, an der Exkursion teilzunehmen, *und* verschaffst uns mit dem Trip vielleicht noch ein wenig Geld.«

»Wenn du nicht so voreilig zugestimmt hättest, hätte ich zehn Prozent pro Kopf herausgeholt«, beschwerte Jake sich.

»Aus Onkel Quark?« sagte Nog verächtlich. »Niemals! *So* gut bist du nun auch wieder nicht!«

# 3

Ashley und sogar T'Ara schienen wegen der Exkursion fast so aufgeregt zu sein wie Jake und Nog. Die vier freuten sich darauf, eine Woche auf einer fremden Welt zu verbringen und tatsächlich durch das Wurmloch zu fliegen. Das einzige Problem war, daß die nächsten Tage anscheinend ewig dauerten. Da Jake ständig an die Exkursion denken mußte, konnte er sich kaum auf den Unterricht konzentrieren.

Sechs bajoranische Schüler würden mit ihnen fliegen. Marn Laren war ihre inoffizielle Anführerin; sie war nicht nur zwei Jahre älter als die anderen, sondern auch von Natur aus ziemlich herrisch. Jake und die anderen kamen einigermaßen mit ihr zurecht, aber sie waren ja auch nicht Teil dieses Kreises. Die anderen fünf Bajoraner waren Taran Bakis, Bren Senor, Chel Boras (alles Jungen) sowie Rakt Loran und Pahat Kalen, noch zwei Mädchen. Jake kannte sie allesamt von der Schule her, doch keiner von ihnen war älter als zehn Jahre und damit zu jung, als daß er sich in seiner Freizeit mit ihnen abgegeben hätte. Mrs. O'Brien hatte dafür gesorgt, daß eine Vertretung die vier anderen Schüler unterrichtete, die auf die Exkursion nicht mitkamen. Zwei von ihnen waren zu jung, und die beiden anderen würden die Station in den nächsten Tagen verlassen, wenn ihre Eltern weiterzogen.

Am letzten Tag vor dem Trip gab Mrs. O'Brien diesen vier den Nachmittag frei. An die anderen Schüler verteilte sie kleine Tricorder. »Die werden euch auf der Reise sehr nützlich sein«, erklärte sie. »Sie wurden mit allen Informationen programmiert, die ihr über Cetus Beta braucht. Ich dachte, bevor wir aufbrechen, sprechen wir kurz darüber, womit ihr rechnen müßt.« Sie gab einen Befehl in den Computer auf ihrem Schreibtisch ein und rief die Projektion eines Planeten auf. Er drehte sich langsam gut einen Meter über dem Boden und hatte die Größe eines Medizinballs. Er war hauptsächlich blau, wies aber jede Menge grüner Flecken auf.

»Der Planet besteht zum größten Teil aus Wasser«, erklärte ihre Lehrerin. »Es gibt auf dieser Welt Tausende von Inseln, die meisten davon wie an Fäden oder Ketten aufgereiht. Wir werden auf der größten dieser Inseln landen.« Sie leuchtete in einem helleren Grünton auf. »Auf dieser Welt kommen überhaupt keine Tiere vor, dafür aber sehr, sehr viele Formen des seltsamsten Pflanzenlebens. Einige dieser Formen sehen auf den ersten Blick wie Tiere aus.«

»Sind welche davon gefährlich?« fragte Ashley.

»Nur für andere Pflanzen«, erwiderte Mrs. O'Brien. »Einige von ihnen sind wie die Pflanzenversionen von Löwen und Tigern, aber sie verzehren natürlich nur andere Pflanzen. Da es auf diesem Planeten nie tierisches Leben gegeben hat, neigen sie dazu, Besucher zu ignorieren. Einige von ihnen können sich sogar ziemlich schnell bewegen, und daran muß man sich erst einmal gewöhnen. Ich bin eher mit Pflanzen vertraut, die an Ort und Stelle bleiben!«

»Dann müssen wir uns also über keine Gefahren Sorgen machen?« sagte Jake und fragte sich, ob der Planet nicht sogar ein wenig langweilig sein würde.

»Das habe ich nicht gesagt«, erwiderte ihre Lehrerin. »Und ihr dürft keinen Augenblick lang davon ausgehen. Daß nichts versuchen wird, euch *absichtlich* zu schaden, bedeutet noch lange nicht, daß alles völlig ungefährlich ist. Zum einen *eßt* keine Pflanzen, wenn ihr euch nicht vorher mit dem Tricorder überzeugt habt, daß sie nicht giftig sind. Zwar gibt es auf dem Planeten nichts, das euch töten wird, wenn ihr es eßt, doch glaubt mir, es gibt dort zahlreiche Pflanzen, nach deren Verzehr euch so schlecht wird, daß ihr euch wünscht, ihr würdet sterben. Und dann gibt es einige sehr unheimliche Pflanzen, die ihr am besten einfach meidet.« Sie berührte erneut den Computer, und neben dem sich drehenden Planeten erschien eine neue Projektion. Sie sah aus wie eine Kugel aus Gras oder Tauen.

»Die hier wurde Kribbelgewirr genannt«, erklärte sie. Daneben tauchte eine große Hängepflanze auf. Am Ende eines jeden Blattes hing ein kleines Kribbelgewirr. »Das ist eine der Angriffspflanzen, die ich gerade erwähnt habe. Wenn eine andere Pflanze in die Nähe kommt...« Sie gab auf ihrem Minicomputer einen Befehl ein, und einer der kleinen Bälle fiel von der Pflanze. Dabei schien er zu explodieren. Auch das größere Kribbelgewirr explodierte und schoß Taue davon, die sich netzförmig ausbreiteten. »Sie wickeln ihr Opfer ein und versetzen ihm dann einen starken elektrischen Schlag. Das betäubt die erbeutete Pflanze so lange, daß das Kribbelgewirr sie fressen kann.«

»Könnte diese Pflanze uns verletzen?« fragte T'Ara mit unverhohlener Faszination.

»Ja. Es würde euch nicht töten, wäre aber sehr schmerzhaft. Und wie ich schon sagte, die Pflanze könnte euch nicht fressen. Aber am besten vermeidet ihr es einfach, einem dieser Büsche zu nah zu kommen. Ihr müßt auf Cetus Beta also sehr vorsichtig sein.«

»Ja«, grunzte Taran Bakis. »Ich will ganz bestimmt nicht, daß eine Pflanze mich zu fressen versucht und dann wieder erbricht.«

Marn Laren grinste. Bakis war ein ziemlicher Schlappschwanz. »Für mich hört sich das ganz spaßig an.«

Mrs. O'Brien nickte. »Solange sich alle vernünftig benehmen, werden wir alle sehr viel Spaß haben.«

Jake war jetzt allmählich richtig auf den Trip eingestimmt. Es klang sehr interessant, und Cetus Beta würde der erste wirklich fremde Planet sein, den er je betreten würde. Obwohl er ein paarmal auf Bajor und auf anderen Planeten gewesen war, bevor er auf Deep Space Nine eingetroffen war, waren sie ihm alle ziemlich ähnlich vorgekommen. Es handelte sich allesamt um Welten, auf denen Menschen oder andere Intelligenzwesen lebten, die dort Städte errichtet und die meisten Gefahren gebannt hatten. Dieser Planet hingegen schien eine wirklich wilde Welt zu sein. Pflanzen, die einander angriffen und sogar herumliefen. Es würde ein toller Trip werden!

In seinem Zimmer packte Jake an diesem Abend die Sachen zusammen, die er in der kommenden Woche brauchen würde. Kleidung natürlich, und einen Diskettenleser mit ein paar Bücherwürfeln. Der Tricorder, den er gerade bekommen hatte. Aber was sonst? Während er sich fragte, was er dem kleinen Stapel noch hinzufügen sollte, klopfte sein Vater leise an und kam herein.

»Wie läuft's, Jake?« An seinen Lippen zerrte ein Lächeln. »Freust du dich schon auf den Trip?«

»Und ob!« bestätigte Jake zufrieden. »Das ist einfach toll! Eine ganze Woche auf einem fremden Planeten! Äh ... natürlich werde ich dich vermissen, Dad, aber ...«

Sein Vater lachte. »Schon gut! Ich weiß noch, wie es war, als ich zum erstenmal auf einer fremden Welt kampierte. Es ist eine ganz besondere Erfahrung, und ich weiß, du und deine Freunde, ihr werdet sie wirklich genießen. Auf jeden Fall ... da du in ein paar Wochen Geburtstag hast, dachte ich mir, ich gebe dir eins deiner Geschenke schon vorher, damit du es mit auf diesen Trip nehmen kannst.«

»Wirklich?« fragte Jake. Das wurde ja immer besser. »Danke, Dad!«

Commander Sisko kicherte und gab seinem Sohn einen kleinen silbernen Vidspiel-Projektor. Das Gerät paßte bequem auf Jakes Schoß und verfügte über zwei Kontrollgriffe und einen in die Seite eingelassenen Minicomputer. »Ich habe ihn eigens für dich kommen lassen«, erklärte er. »Es ist ein Baseballprogramm und hat über zehntausend verschiedene Spiele gespeichert.«

»Ist ja klasse!« rief Jake mit echter Begeisterung. Obwohl Baseball als Sport schon seit ein paar hundert Jahren ausgestorben war, liebten er und sein Vater das Spiel heiß und innig. Sie gingen oft in die Holo-Kammern, um einige ganz besondere Spiele miterleben zu können. Und nun besaß er dank seines Vaters ein eigenes Holospiel!

»Für den Fall, daß dir abends langweilig wird«, sagte sein Vater. »Damit kannst du dich jetzt beschäftigen.« Er zeigte Jake, wie man das Gerät einschaltete, und ein fünfzehn Zentimeter großer Schläger erschien, gefolgt von einem Fänger, einem Werfer und einem

Schiedsrichter. »Gib ein, welches Spiel du sehen willst, und du kannst jede beliebige Position einnehmen und dann sofort loslegen. Mit dem zweiten Kontrollgriff kannst du einen anderen Spieler übernehmen. Du kriegst bestimmt schnell raus, wie es funktioniert.« Er schaltete das Gerät wieder aus. »Aber spiele erst damit, wenn du für die Reise alles zusammengepackt hast!«

»Okay«, erklärte Jake und umarmte seinen Vater. »Danke, Dad. Das ist ein ganz tolles Geschenk.« Unwillkürlich mußte er grinsen. »Mann, das wird der beste Trip, den ich je gemacht habe!«

Am folgenden Morgen traf Jake sich mit Nog vor Quarks Restaurant. Nog hatte einen Rucksack über die Schultern geworfen und ein Leuchten in den Augen. Trotz der Ansicht seines Onkels, Ferien seien eine menschliche Erfindung, die nur der Verschwendung von Zeit und Geld diene, und kein wahrer Ferengi könne so etwas genießen, freute Nog sich auf den Trip offensichtlich genauso sehr wie Jake.

»Ich habe ein Dutzend Musterbehälter dabei«, sagte Nog. »Onkel Quark hat sie mir geschenkt und befohlen, so viele Pflanzenproben wie möglich zurückzubringen.« Er rieb sich die Hände. »Ich kann das Geld, das wir machen werden, fast schon riechen! Mann, besser kann es doch gar nicht kommen! Eine Reise, eine Woche lang keine Schule und die Gelegenheit, Geld zu machen. Das nenne ich Leben!«

Sie eilten gemeinsam zur Flitzerlandestelle. Unterwegs begegneten sie Ashley und T'Ara. Beide Mädchen trugen einteilige Overalls und hatten ihr langes Haar zu Zöpfen geflochten. Jake vermutete, daß dies ihre Vorstellung davon war, wie Forscher sich kleideten. Ashley glühte geradezu vor Aufregung. T'Ara bemühte sich wirklich, gefaßt und emotionslos zu wirken, doch ihre Augen leuchteten, und sie schien vor Freude über die Reise fast auf und ab springen zu wollen. Während die vier zur Landestelle gingen, verglichen sie, was sie alles für den Trip eingepackt hatten.

Das Schiff wartete bereits auf sie. Sein Name – *Orinoco* – war auf den Bug gemalt, und mehrere Techniker nahmen die letzten Checks vor. Mrs. O'Brien war bereits dort und überprüfte die Vorräte, die an Bord gebracht wurden. Ihre kleine Tochter Molly war bei ihr und beobachtete alles mit eifrigen Blicken. Als die vier Schüler sich dem Schiff näherten, drehte die Lehrerin sich um.

»Ihr könnt jetzt an Bord gehen«, sagte sie zu ihnen. »Sucht euch eure Plätze aus und verstaut euer Gepäck. Sobald ich hier fertig bin, können wir starten.«

»Alles klar«, sagte Jake und führte die anderen durch die offene Luke in den Flitzer. Dann schaute er sich um.

Links war der Bug und das eingebaute Spezialmodul mit den Sitzplätzen. Es waren insgesamt zwanzig, jeweils zwei auf einer Seite des Ganges. Rechts befand sich ein Lagerraum, in dem die Vorräte verstaut wurden. Dahinter mußten die Triebwerke liegen.

»Ein Platz in der ersten Reihe!« sagte Ashley aufgeregt. Sie eilte den Gang entlang und belegte einen der Vordersitze links in der Passagierkabine mit Beschlag. T'Ara sicherte sich den daneben, Jake und Nog nahmen die beiden Sitzplätze auf der anderen Seite des Ganges. Unter den Sitzen befanden sich kleine Fächer für ihr Gepäck, das sie sofort darin verstauten.

In die Seite des Flitzers waren mehrere Fenster eingelassen, durch die sie die Aktivitäten im Hangar betrachten konnten. Das Flugdeck lag direkt vor ihnen, und vor den dazugehörigen Computern befanden sich drei Sessel. Davon war zur Zeit nur einer besetzt, offensichtlich von ihrem Piloten, dem einzigen Erwachsenen außer Mrs. O'Brien, der den Trip mitmachen würde. Als er die Geräusche hinter sich hörte, drehte der Mann sich auf seinem Stuhl um und schaute zurück. Er war ziemlich groß, und die Punkte auf seinem Kragen zeigten an, daß er Lieutenant bei Starfleet war. Er hatte dichtes, strohblondes Haar und ein schmales, etwas nervöses Gesicht.

»Könnt ihr da hinten schön ruhig bleiben?« rief er. »Das wüßte ich wirklich zu schätzen.«

Jake zuckte mit den Achseln. »Klar doch«, sagte er. Sie waren zwar nicht laut gewesen, aber das war besser, als sich sofort in die Haare zu kriegen.

»Prima.« Der Lieutenant wandte sich wieder seinen Checks zu, doch Jake hörte ganz genau, wie er murmelte: »Man sollte Kinder weder sehen noch hören.« Ashley hatte es offensichtlich auch gehört, denn sie streckte dem Mann die Zunge heraus.

*»Kinder!«*, sagte sie leise. »Mit diesem Typ werden wir wohl nicht besonders gut zurechtkommen.«

Jake tat so, als würde ihn die Sache nicht stören, doch auch er mochte es nicht, wenn man ihn Kind nannte. Aber diese Reise war zu wichtig, um sofort einen Streit mit ihrem Piloten vom Zaun zu brechen. Statt dessen spähte Jake durch das kleine Fenster neben seinem Sitz. »Da kommen die anderen«, sagte er.

Marn Laren führte die kleine Gruppe Bajoraner in den Flitzer. Sie schien ein wenig verärgert darüber zu sein, daß die vier Freunde bereits die vorderen Sitze belegt hatten. Doch sie war zu aufgeregt, daß es endlich losging, um deshalb ein Theater zu machen, und die sechs Bajoraner belegten die nächsten beiden Sitzreihen. Außer Taran Bakis, der wie immer so nervös war, daß er fast zitterte, schienen alle sehr versessen darauf zu sein, daß der Flitzer startete.

»Ich will nicht mitfliegen«, murmelte der Junge.

»Zeig mal etwas Begeisterung«, sagte Laren verärgert zu ihm. »Wir sind Bajoraner. Uns macht nichts angst.«

»Ich muß mal auf die Toilette«, erwiderte Bakis und lief zum hinteren Teil des Flitzers. Laren seufzte.

Ihr Pilot schaute zurück, als die Bajoraner ihr Gepäck verstauten und dabei aufgeregt plauderten. »Seid mal ruhig da hinten«, rief er. »Ich versuche, hier zu arbeiten. Klar?«

Laren betrachtete ihn stirnrunzelnd. »Wir tun unser Bestes«, fauchte sie. »Machen Sie uns nicht an, ja?«

Bevor der Pilot antworten konnte, betrat Mrs. O'Brien das kleine Raumschiff. Sie trug Molly auf dem Arm, und beide grinsten. »Sind alle zufrieden?« fragte sie.

»Nicht alle«, sagte T'Ara mit unverblümter Ehrlichkeit und schaute zu dem Piloten hinüber.

Mrs. O'Brien setzte Molly auf einen der noch nicht beanspruchten Plätze und sah den Piloten an. »Stimmt etwas nicht, Lieutenant Danvers?« fragte sie leise.

Der Pilot dachte kurz nach und schüttelte dann den Kopf. »Kinder sind nun mal so«, sagte er. »Für meinen Geschmack sind sie einfach zu laut.«

»Na ja«, erwiderte Mrs. O'Brien, »ich fürchte, Sie müssen in der nächsten Woche einen etwas erhöhten Geräuschpegel ertragen. Aber glauben Sie mir, man kann sich daran gewöhnen. Ich mußte das auch.«

»Wenn Sie meinen«, erwiderte Lieutenant Danvers höflich und zeigte auf sein Kontrollpult. »Nun, Ma'am, wir scheinen startbereit zu sein. Hier sieht alles sehr gut aus, und sämtliche Nahrungsmittel sind verstaut.«

»Wunderbar«, antwortete die Lehrerin. Sie nahm auf einem der beiden freien Sitze hinter dem Piloten Platz, und gleichzeitig kehrte Bakis zu seinem Sitz zurück. »Dann kann's ja losgehen!«

»Alles klar«, sagte er und tippte schnell mehrere Anweisungen ein. Jake hörte, daß die Außentür sich zischend schloß und die Abdichtungen zuschnappten. Die Innenbeleuchtung des Shuttles wurde etwas heller. »Lebenserhaltung alle Lampen grün«, sagte der Pilot. »Innere Schwerkraft normal. Energieniveau auf Maximum.« Er berührte seinen Kommunikator. »*Orinoco* an OPS. Erbitte Startfreigabe.«

»OPS an Flitzer *Orinoco*«, erklang Commander Siskos Stimme aus dem Kommunikator. »Sie haben Starterlaubnis.« Es folgte eine kurze Pause, und dann: »Viel Spaß auf Ihrem Trip. Das ist ein Befehl. Sisko Ende.«

Jake beugte sich auf seinem Sitz vor und schaute durch das durchsichtige Fenster im Bug des kleinen Schiffes. Ein leises Summen erklang, und er sah, daß das Schiff emporstieg. Die Schwerkraft im Flitzer wurde konstant gehalten, so daß sich nicht das geringste Gefühl einer Bewegung einstellte, doch Jake wußte, daß die Luftschleuse über ihnen sich geöffnet haben mußte und der hydraulische Lift unter dem Flitzer das Schiff hochhob.

Dann erreichten sie das oberste Deck der Station, und die Sterne waren zu sehen. Die jüngeren Bajoraner schnappten nach Luft oder lachten, als sie die Millionen Lichter sahen, die hell am Himmel brannten.

Der Großteil der Station befand sich unter ihnen, einer der Andockmasten rechts vor ihnen. Auf seiner Spitze blinkte regelmäßig ein Licht.

»Jetzt geht's los«, sagte Lieutenant Danvers. Auf seine sanfte Berührung hin jaulte das Triebwerk des Flitzers etwas lauter auf, das Schiff erhob sich und trieb ins All.

Ihre Exkursion hatte begonnen!

# 4

Jake drückte das Gesicht gegen das Fenster neben ihm, entschlossen, nichts von dem zu verpassen, was nun geschah. Er warf jedoch einen schnellen, verstohlenen Blick durch die Kabine, um sich zu überzeugen, daß er nicht als einziger so aufgeregt war. Zu seiner Erleichterung schauten auch alle anderen begeistert aus den Fenstern. Sogar Nog bedrängte ihn ein wenig, um den bestmöglichen Blick zu erhaschen.

Bislang hatten sie noch nichts gesehen, das sie nicht tagtäglich von der Station aus sehen konnten. Doch Jake wußte, daß sich das in ein paar Minuten ändern würde. Sie näherten sich dem Wurmloch.

Normalerweise war das Wurmloch unsichtbar. Deshalb war es auch so lange unentdeckt geblieben, bis Jakes Vater vor über zwei Jahren zum erstenmal hindurchgeflogen war. Nun, da seine Position genau bekannt war, flog der Flitzer exakt den Kurs, der das visuelle Entfalten des Wurmlochs bewirken würde.

»Es ist soweit«, rief Mrs. O'Brien von ihrem Sitz aus. Sie klang fast so aufgeregt, wie Jake sich fühlte. Er schaute durch die Kabine und sah durch das große Vorderfenster, wie die Sterne plötzlich …

… in einem Bombardement von Licht explodierten!

Das Wurmloch sah aus wie ein riesiger Strudel aus allen nur vorstellbaren Farben, die direkt vor dem Flitzer wirbelten und leuchteten. Mehrere Schüler keuchten verzückt auf, und Molly rief: »Wie schön!« Jake konnte es ihr nicht verdenken: Es war tatsächlich der schönste Anblick, den er je gesehen hatte.

Und dann flog das kleine Schiff ins Maul des Wurmlochs, und die Sterne verschwanden vollständig. Die gesamte Umgebung des Schiffes schien nun aus einer festen Masse voller Farben zu bestehen – rote, blaue, grüne, gelbe, violette Töne in allen Schattierungen und Kombinationen. Es war, als hätte jemand Millionen Schattierungen aller Farben des Spektrums genommen, sie dann zusammengerührt und die daraus entstandene Masse auf die Wand eines riesigen, sich drehenden Tunnels geschüttet. Lichter innerhalb der Mauer leuchteten, schossen hin und her und erhellten immer wieder einzelne Teile des wirbelnden Farbspiels. Der Anblick war schlicht unvorstellbar, und Jake betrachtete ihn ehrfürchtig. Er wußte, daß die Raumkrümmung das Licht in die Spektralfarben zerlegte, aber das war einfach eine wissenschaftliche Tatsache. Die brillanten, fast hypnotischen Farbstrudel waren einfach wunderschön.

Er wußte ebenfalls, daß dieses Wurmloch von einer Rasse fremder Wesen geschaffen worden war, die außerhalb der Zeit lebten. Sie erlaubte anderen Spezies, es zu benutzen, nahm aber kaum jemals mit einem Kontakt auf, der auf diese Weise reiste.

Der Flitzer raste weiter. Es sah so aus, als würde Lieutenant Danvers das Schiff einen langen und gewundenen Pfad entlang steuern, der durch den Farbtunnel verlief, aber Jake wußte, daß sie in Wirklichkeit von dem Wurmloch selbst vorangezogen wurden, das sie zu seinem anderen Ende zerrte. Der Trip schien ewig zu währen, dauerte in Wirklichkeit jedoch nur fünf Minuten. Aber was für fünf Minuten! Es war einfach ein unglaubliches Erlebnis, den Tunnel auch nur anzuschauen.

Dann waren sie durch, und um sie herum tauchten plötzlich wieder Sterne auf. Molly sagte »Ach!«, und die anderen Schüler seufzten. Jake war etwas enttäuscht, aber auch etwas erleichtert. Nachdem er so lange die wirbelnden Farben betrachtet hatte, schien sich auch sein Kopf zu drehen. Er erhaschte einen letzten Blick auf den Wirbel aus Licht, das Wurmloch schloß sich hinter ihnen, und sie waren endlich im Gamma-Quadranten.

»O Mann«, stöhnte er und ließ sich in seinen Sitz zurückfallen. »War das ein Flug!«

Nog setzte sich wieder und rümpfte die Nase. »War schon ganz in Ordnung«, sagte er und versuchte offensichtlich, nicht zu beeindruckt zu klingen.

»In Ordnung?« fragte Ashley. »Es war toll! Nicht wahr, T'Ara?«

Die junge Vulkanierin nickte ernst. »Sehr ... erhellend.« Jake fragte sich, ob das ihre Vorstellung von einem Wortspiel war, doch selbst, wenn dem so sein sollte, würde sie niemals eingestehen, Sinn für Humor zu haben.

»Mir ist schlecht«, sagte Bakis hinter ihnen.

»Ach, werd langsam mal erwachsen!« fauchte Laren.

Mrs. O'Brien kam zu ihnen nach hinten. »Der Rest der Reise wird bei Warpgeschwindigkeit noch etwa drei Stunden dauern«, erklärte sie. »Werdet also nicht zu ungeduldig.« Sie warf einen Blick zurück über die Schulter zum Piloten. »Oder zu laut, ja? Vielleicht solltet ihr die Gelegenheit nutzen, auf euren Tricordern die Informationen über Cetus Beta aufzurufen, damit ihr etwas mehr über die Welt wißt, sobald wir dort eintreffen.«

Jake wünschte, er könnte sich statt dessen mit seinem Vidspiel beschäftigen; doch er erkannte einen sanften Befehl, wenn er einen hörte. Sie würden zwar eine Woche lang nicht in die Schule gehen, aber offensichtlich trotzdem lernen müssen.

»Da wären wir«, erklärte Lieutenant Danvers schließlich. Er zeigte aus dem Flitzer nach vorn auf den Planeten, der in der Dunkelheit des Alls hing. Für Jake sah er fast genauso aus wie das Hologramm, das er während des Unterrichts gesehen hatte – eine sich langsam drehende, hauptsächlich blaue Kugel mit grünen Flecken, bei denen es sich um Inseln handelte. Der einzige Unterschied war, daß über dieser richtigen Welt Spuren von Wolken zu sehen waren. »Na schön, Kinder, setzt euch wieder«, fügte der Lieutenant hinzu. »Es müßte eine glatte Landung geben, aber wir wollen ja nicht riskieren, daß sich jemand einen Knochen bricht, oder?«

Jake fühlte das leichte Zerren des Kraftfelds, das ihn auf seinem Sitz hielt. Er wußte, daß die Landung aufgrund des inneren Schwerkraftfelds des Flitzers eigentlich völlig problemlos verlaufen müßte, doch der Pilot tat wahrscheinlich gut daran, kein Risiko einzugehen. Wenn sie von einem Sturm erfaßt wurden, konnten sie ganz nett durchgeschüttelt werden.

»Ist das nicht toll?« fragte er Nog aufgeregt.

Der Ferengi zuckte mit den Achseln und tat erneut so, als sei er nicht beeindruckt. »Wahrscheinlich.«

»Ich finde es wirklich klasse«, warf Ashley ein. »Das wird die erste fremde Welt sein, die ich betrete, von Bajor mal abgesehen. Ich kann es kaum erwarten, sie zu erforschen!«

»Ja«, pflichtete Bren Senor ihr bei, der hinter ihr saß.

»Und Bajor ist keine fremde Welt; das ist die Heimat.«

»Für dich vielleicht«, sagte Ashley lachend.

Die Kugel vor ihnen war immer größer geworden, während sie sich ihr genähert hatten, und nun konnte man sie durch die Fenster nicht mehr vollständig sehen. Lieutenant Danvers brachte den Flitzer sanft herunter. Durch das große Fenster konnte Jake jetzt nur noch einen Ozean und verstreute Inselketten sehen. Eine davon war ihr Ziel, und in ein paar Minuten würden sie landen.

»Das ist aber komisch«, murmelte der Pilot plötzlich. Er warf Mrs. O'Brien einen Blick zu. »Ich habe starke Störungen auf den Sensoren.«

»Probleme?« fragte sie besorgt.

»Das glaube ich nicht«, erwiderte er. »Es wird unsere Landung nicht beeinträchtigen, aber diese Werte sind sehr seltsam. Es ist, als ...« Er hielt inne. »Da ist ein anderes Schiff! Es startet von dem Planeten!«

»Hier sollte sonst niemand sein«, erwiderte die Lehrerin. »Ich habe es überprüft. Was haben die hier zu suchen?« Sie beugte sich über den Sensorcomputer und überprüfte die Werte. »Haben wir schon eine Identifizierung?«

»Nein, die Interferenzen machen es ... es ist ein cardassianischer Plünderer!«

Jake und die anderen Schüler bekamen dieses Gespräch natürlich mit. Plötzlich wurde ihm übel. Obwohl die Cardassianer offiziell mit der Föderation Frieden geschlossen hatten, konnten sie manchmal unangenehm werden. Sie waren eine sehr aggressive Spezies, und das Militär beherrschte ihre Welt. Diese Soldaten gaben nicht viel um den unsicheren Frieden mit der Föderation und strapazierten ihn manchmal so stark, daß er fast brach. Wenn die Cardassianer aus irgendwelchen ungeklärten Gründen hier auf Cetus Beta waren, würden sie sich wahrscheinlich nicht gerade begeistert darüber zeigen, daß Angehörige der Föderation dort auftauchten.

»Na, klasse«, murmelte er. »Vielleicht haben sie sich entschlossen, diesen Planeten für sich zu beanspruchen, und wollen uns verbieten, ihn zu betreten. Das würde die Exkursion ruinieren.«

»Und unsere Hoffnung, ein paar Kröten zu verdienen«, stimmte Nog ächzend zu.

In der Kabine warf Mrs. O'Brien schnell einen Blick auf ihre Schüler. »Vielleicht sollten wir Hilfe rufen?« schlug sie dann leise vor.

»Das können wir im Augenblick nicht«, erwiderte Lieutenant Danvers. »Die Störungen sind zu stark. Aber ich glaube nicht, daß die Cardassianer uns Ärger machen werden. Warum sollten sie?«

»Ich rufe sie, vielleicht verraten sie mir ja, was sie wollen«, sagte Mrs. O'Brien. »Es ist wahrscheinlich nichts Ernstes.« Sie griff nach der Kommunikationskonsole, bekam aber keine Gelegenheit mehr, sie noch zu erreichen.

Direkt vor dem kleinen Schiff blitzte ein helles Licht auf, und der Flitzer erzitterte heftig. Mehrere der jüngeren Bajoraner schrien auf, und Jake war eine Sekunde lang geblendet.

»Sie schießen auf uns!« rief der Pilot erstaunt. »Diese dreckigen kleinen …« Seine Finger flogen über die Kontrollen, während er versuchte, den Flitzer wieder auszurichten.

Das Kraftfeld des Sitzes hielt Jake fest an Ort und Stelle; ohne dieses Feld wäre er durch die Kabine geschleudert worden. Ein paar Tricorder und einige klei-

nere Gegenstände purzelten hin und her. Bakis schrie, und Molly hatte zu weinen angefangen. Da Jake sich kaum auf seinem Sitz bewegen konnte, war es ihm nicht möglich, den beiden zu helfen.

Ein zweiter geräuschloser Schuß schüttelte den Flitzer durch, und diesmal kam aus dem hinteren Teil der Kabine Brandgeruch. Jake gelang es, über die Schulter zu schauen, und sah, daß im Laderaum Funken flogen.

»Wir wurden getroffen!« rief Lieutenant Danvers.

»Wie schlimm ist es?« fragte Mrs. O'Brien mit bleichem Gesicht.

»Schwer zu sagen«, antwortete der Pilot knapp. Er kämpfte mit den Kontrollen, während der Flitzer von einer Seite zur anderen kippte. »Ich werde eine Landung versuchen. Zumindest haben wir den Kurs auf diese große Insel gehalten.«

Jake wünschte, er könnte irgend etwas tun. Doch selbst wenn das Energiefeld ihn nicht an Ort und Stelle gehalten hätte, wäre er den Erwachsenen wahrscheinlich nur im Weg gestanden. Andererseits jedoch hätte er vielleicht einige der jüngeren Kinder trösten können. Bakis schrie noch immer vor Angst, und nun fielen Chel Boras und Pahat Kalen ein. Molly weinte und zitterte. Jake griff nach hinten und hielt ihre Hand.

»Ich werde sterben«, murmelte Nog. »Noch schlimmer – ich werde *arm* sterben!«

Außerhalb des Flitzers erklang ein Kreischen, und das kleine Schiff vibrierte. Einen Augenblick lang dachte Jake, sie wären erneut getroffen worden, doch dann wurde ihm klar, daß der Shuttle in die Atmosphäre des Planeten eingedrungen war und es draußen nun Luft gab, die Geräusche übertrug – und Turbulenzen erzeugte.

»Festhalten!« rief Lieutenant Danvers. »Ich fürchte, es wird eine ziemlich holprige Landung werden.«

Jake sah, daß der Planet unter ihnen nun das vordere Fenster ausfüllte. Sie schienen schrecklich schnell darauf zuzurasen. Durch das Seitenfenster sah er eine Rauchspur. Außerhalb des Schiffes mußte irgend etwas brennen oder schwelen. Er konnte nur hoffen, daß es nichts Wichtiges war, zum Beispiel die Bremsdüsen ... Sein Herz raste, und im Hinterstübchen war ihm klar, daß sie die Notlandung vielleicht nicht überleben würden.

Dann füllte die Insel das vordere Fenster aus. Sie war groß und vollständig mit Pflanzen, Bäumen und anderem Grünzeug bedeckt. Vor ihnen erhoben sich Felswände, aber irgendwie gelang es dem Piloten, die Nase des Flitzers hochzuziehen, und sie vermieden es mit knapper Not, gegen eine Wand zu prallen. Hohe Felstürme rasten an dem kleinen Schiff vorbei, und unter ihnen befand sich ein Gewirr aus Urwald.

Lieutenant Danvers hämmerte auf die Schalttafel, um irgendwelche Reaktionen zu bekommen. Mehrere kleine Feuer waren aufgelodert, die Mrs. O'Brien mit einem Schaumlöscher zu ersticken versuchte. Dann setzten endlich die Bremsdüsen ein. Hätte das Energiefeld sie nicht gehalten, wären Jake und die anderen mit solcher Wucht aus ihren Sitzen geschleudert worden, daß sie sich alle Knochen gebrochen hätten. Auch so wurde er von dem plötzlichen Verlust der Vorwärtsbewegung schwer erschüttert.

Draußen erklang das unmißverständliche Geräusch einer weiteren Explosion. Ein großer Brocken der Außenhülle wurde vom Schiff abgeschält, scharrte an dem Fenster neben Jake entlang und taumelte dann zu Boden. Ein Feuerball schlug aus der Seite des Schiffes.

»Wir verlieren Energie!« rief der Pilot. »Wir schmieren ab!«

Der Flitzer machte erneut einen Satz, und die Nase sackte abwärts. Jake hätte fast sein Frühstück von sich gegeben. Das Schiff stürzte dem undurchdringlichen grünen Gewirr unter ihm entgegen. Nog zitterte vor Furcht und hatte das Gesicht in den Armen vergraben, doch Jake konnte den Blick nicht abwenden. Plötzlich befanden sich direkt vor dem Schiff Bäume.

Metall kreischte und splitterte; Äste wurden abgerissen und zermalmt. Der Flitzer zitterte wie eins der Millionen Blätter, die der Aufprall in die Luft schleuderte. Ein Fenster im hinteren Teil des Schiffes zer-

brach, und durchsichtiges Aluminium regnete in den Flitzer.

Im Heck des Schiffes kam es zu weiteren Explosionen, und dann brach das künstliche Schwerkraftfeld zusammen. Jakes Magen drehte sich um. Das Schiff prallte hart gegen einen großen Baum, dessen Stamm einen Durchmesser von mindestens fünfzehn Metern haben mußte. Die Kollision zertrümmerte die vordere Fensterscheibe und riß eine große Wunde in den Stamm. Durch die Wucht des Aufpralls wäre Jake fast ohnmächtig geworden. Er hörte, daß Lieutenant Danvers einen Schmerzensschrei ausstieß, und dann stürzte der Flitzer schwer die letzten paar Meter auf den Boden.

# 5

Ein paar Sekunden lang herrschte Stille. Dann wurde sie fast gleichzeitig von einer weiteren kleinen Explosion am Heck des Flitzers und von Molly zerrissen, die aus vollem Hals zu schreien anfing.

Jake schüttelte sich; er wußte, er hatte am ganzen Körper Prellungen abbekommen, bevor der Flitzer endlich zur Ruhe gekommen war. Er sah Nog an, der den Kopf noch immer in den Armen vergraben hatte. »He, du lebst«, sagte er zu seinem Freund.

Nog schaute auf. »Ja«, sagte er. »Aber ich bin noch immer arm.« Jake wurde klar, daß es sich um den schwachen Versuch einer lustigen Bemerkung handelte, die die Panik zurückdrängen sollte.

Als Jake sich umsah, stellte er fest, daß das kleine Schiff in einem erbärmlichen Zustand war. Am Heck war die Decke aufgerissen, und ein Ast ragte durch das Loch. Gelber Saft tropfte von ihm hinab und bildete eine immer größer werdende Pfütze. Daneben knisterte ein kleines Feuer. Auf den ersten Blick hatte es den Anschein, als wären Bakis, Kalen und Boras bewußtlos – entweder durch die Wucht des Aufpralls, oder sie waren einfach ohnmächtig geworden. Ashley und T'Ara waren völlig durchgeschüttelt worden, und T'Ara hatte einen Schnitt auf der Wange abbekommen, aus dem langsam grünliches Blut sickerte. Der vordere Teil des Flitzers …

Er war in einem fürchterlichen Zustand. Er hatte durch den Aufprall das meiste abgekriegt. Abgesehen von den Scherben auf dem Boden war vom Fenster nichts mehr vorhanden. Zum Glück war es so konstruiert, daß es zerkrümelte und keine Scherben entstanden, die verletzen oder töten konnten. Mrs. O'Brien war anscheinend in Ordnung. Sie bewegte sich und strich ihr dunkles Haar von ihrem Gesicht zurück. Doch Lieutenant Danvers hatte es schlimm erwischt. Er war beim Absturz gegen das Schaltpult geprallt, und das Pult war zerschmettert worden. Auf seinem Gesicht und dem linken Arm zeigte sich Blut. Und an seinem linken Bein war eine lange Schnittwunde, aus der ebenfalls dunkles Blut zu Boden tropfte.

Zum Glück hatte Jake auf DS9 einen Kurs in Erster Hilfe belegt. Dr. Bashir hatte darauf bestanden, daß alle Familienangehörigen von Führungsoffizieren ihn absolvierten. Jake wußte, daß er diese Blutung unbedingt zum Stillstand bringen mußte, sonst würde der Pilot sterben. Die Energiefelder, die die Passagiere auf ihren Sitzen gehalten hatten, waren unmittelbar nach dem Absturz ausgeschaltet worden. Jake kam taumelnd auf die Füße. In seinem Kopf drehte sich kurz alles, und er mußte sich zwingen, sich in Bewegung zu setzen. Er stolperte auf die Nase des Schiffes zu.

Mrs. O'Brien war vor ihm bei dem verletzten Piloten. Sie hatte den Ärmel ihrer Jacke abgerissen und benutzte ihn an Lieutenant Danvers' Bein als Aderpresse, um die Blutung zu stoppen. Dann schaute sie auf und sah Jake. »Wir müssen alle aus dem Schiff bringen«, sagte sie. Ihre Stimme zitterte ein wenig, klang aber fest. »Wir wissen nicht, ob es explodieren wird.«

Jake nickte. Er drehte sich um und stellte fest, daß

Ashley, T'Ara und Nog in seine Richtung schwankten. »Wir müssen hier raus«, sagte er zu ihnen und überließ es seiner Lehrerin, für den Piloten zu sorgen. »Ashley, wollen wir versuchen, die Tür zu öffnen?«

»Ich sehe nach den anderen«, sagte T'Ara. »Komm mit, Nog.«

Um sich den Weg zum Ausgang zu bahnen, mußte Jake über eine Menge Trümmer steigen. Die Tür hatte sich beim Aufprall verzogen, und er fragte sich, ob sie sich überhaupt noch öffnen ließ. Er schlug auf den dafür bestimmten Mechanismus, doch nichts geschah.

»Die Stromleitungen wurden durchtrennt«, sagte Ashley zu ihm. »Ich glaube nicht, daß noch irgendein Schiffssystem funktioniert.«

»Toll.« Jake seufzte. Er öffnete das kleine Fach für die manuelle Kontrolle. Es schien nicht beschädigt worden zu sein, und er packte den kleinen, in die Wand eingelassenen Hebel. Mit einem kräftigen Ruck aktivierte er das System und wartete dann.

Ein lautes, ächzendes Geräusch folgte, und die Tür öffnete sich langsam. Sie zitterte und knirschte, ging aber nicht vollständig auf. Doch immerhin hatte sie sich so weit geöffnet, daß man sich durch den Spalt quetschen konnte. »Wir müssen die anderen so schnell wie möglich hinausbringen«, sagte er zu Ashley. »Ich gehe als erster und sehe nach, was uns draußen erwartet. Du bringst die anderen auf Trab.« Ashley nickte.

Jake glitt durch die schmale Öffnung zu Boden. Er hatte sich wirklich darauf gefreut, einen fremden Planeten betreten zu können, aber im Augenblick machte er sich mehr Sorgen als sonst etwas. Konnten sie alle aus dem Shuttle herausholen, falls es explodierte? Wie weit würden sie gehen müssen, um in Sicherheit zu sein? Was konnten sie mitnehmen? Würden sie irgendwo einen Unterschlupf finden?

Er schaute sich um. Es gab Bäume, Büsche, Pflanzen, Blumen, Moose – überall grüne Teppiche und Vorhänge, einmal abgesehen von der großen Schneise, die der Flitzer bei der Bruchlandung geschlagen hatte. Dort waren der Boden aufgerissen und die Bäume gefällt worden. Da die Pflanzen so dicht standen und so groß waren, konnte man in keine Richtung weiter als zehn oder zwanzig Meter sehen. Man konnte einfach nicht sagen, was sich dort befand.

»Alles in Ordnung?« rief Ashley aus dem Schiff.

»Ich glaube schon«, erwiderte er. »Hier draußen ist es wohl sicherer als dort drinnen. Aber wir brauchen Tricorder, damit wir wissen, in welche Richtung wir gehen müssen.«

»Alles klar.« Ashley verschwand außer Sicht, und Nog nahm ihren Platz ein.

»Fertig?« fragte er, wartete aber nicht auf Antwort. Statt dessen stieß er Kalen fast durch die Lücke. »Komm schon, beweg dich«, fauchte er. »Ich will nämlich nicht unbedingt hier bleiben.«

Jake half dem jungen Mädchen hinaus, und Senor nahm ihren Platz ein. Ein bajoranisches Kind nach dem anderen kam heraus. Die drei, die bewußtlos gewesen waren, sahen noch ziemlich mitgenommen aus, konnten sich aber wenigstens ohne Hilfe bewegen. Dann kam Molly, die mittlerweile zum Glück still war. Sie schien aber dicht vor den Tränen zu stehen. Als letzte Bajoranerin kam Marn Laren hinaus. Sie war bleich und hatte eine häßlich aussehende Schnittwunde an der Schläfe.

»Wie fühlst du dich?« fragte Jake sie, als sie neben ihm zu Boden stolperte.

»Ich werd's überleben«, fauchte sie mit ihrer üblichen Grimmigkeit. »Vorausgesetzt, wir kommen von diesem Schiff weg. Du weißt doch, Bajoraner sind überaus zäh.«

T'Ara sprang leichtfüßig zu Boden. Sie hielt zwei Tricorder in den Händen und gab einen Jake. Den anderen öffnete sie sofort, um ihre Umgebung zu scannen. Nog folgte ihr hinaus; seinen Rucksack hatte er über die eine Schulter, Jakes über die andere geworfen.

»Warum hängen wir hier noch 'rum?« knurrte er. »Verschwinden wir von diesem Ding, aber schnell!«

»Sobald wir wissen, wohin wir gehen müssen«, sagte Jake und sah T'Ara an.

Die junge Vulkanierin streckte eine Hand aus. »In dieser Richtung liegt eine niedrige Bergkette«, erklärte sie. »Ich kann Anzeichen von Höhlen feststellen, die uns Schutz bieten würden. Sie sind höchstens einen Kilometer weit entfernt.«

»Toll«, erwiderte Jake. »Du und Nog – und Laren!« fügte er schnell hinzu, um die Bajoranerin nicht zu verärgern. »Bringt die Jüngeren dort hinauf. Ich sehe nach, was Ashley und die anderen aufhält.«

»Verstanden«, bestätigte T'Ara.

Einen Augenblick lang sah es so aus, als würde Laren sich darüber beschweren, daß er ihr Anweisungen erteilte, doch dann zuckte sie mit den Achseln und folgte der Vulkanierin. »Das ist logisch«, erklärte sie. »Meine Gruppe, mir nach.«

»Ich habe Angst«, jammerte Bakis schniefend.

»Dann hab eben Angst«, sagte Laren zu ihm. »Zeig sie einfach nicht. Denke immer daran, wir sind Bajoraner. Bewahre deine Würde.«

Nog hob die beiden Rucksäcke hoch. »Wir machen

uns lieber auf die Socken«, sagte er zu Jake. »Äh… wenn du da drinnen umkommen solltest, werde ich mich um deine Sachen kümmern.«

*Sie verkaufen, um Profit zu machen,* dachte Jake. Aber es war sinnlos, sich darüber zu ärgern, daß Nog so war; er kam gegen seine Ferenginatur nicht an. Jake nickte und kletterte dann wieder in das beschädigte Schiff.

Die Notbeleuchtung flackerte und stand offensichtlich vor dem endgültigen Ausfall, doch von außen fiel so viel Licht herein, daß Jake sah, wie schwer beschädigt der Flitzer war. Halb trugen, halb zerrten Mrs. O'Brien und Ashley Lieutenant Danvers zur Tür. Jake eilte zu ihnen, um ihnen zu helfen. Der Pilot war bewußtlos und atmete schwer. Sein Bein war mit einem Stück Stoff verbunden, das man von einer Decke abgerissen hatte.

»Die anderen sind schon vorausgegangen«, meldete er seiner Lehrerin. »Haben wir noch Zeit, um ein paar Vorräte zu holen?«

Mrs. O'Brien schüttelte den Kopf. »Das würde ich lieber nicht riskieren«, sagte sie. »Die Vorräte befinden sich in der Nähe des Reaktors, und der könnte explodieren. Verschwinden wir einfach von hier.«

Gemeinsam gelang es den dreien, den bewußtlosen Piloten durch die Türöffnung zu schaffen. Als sie draußen waren, legten Jake und Mrs. O'Brien je einen Arm des Mannes über ihre Schultern. Mit Hilfe des Tricorders fand Ashley schnell den Weg, den die anderen Schüler eingeschlagen hatten. Jake war einfach nur froh, von dem beschädigten Shuttle fortzukommen. Er mußte dem Drang widerstehen, immer wieder über die Schulter zurückzuschauen, und gegen die Angst ankämpfen, das kleine Schiff könne jede Sekunde explodieren und sie töten.

Es war nicht leicht, sich durch den Dschungel zu arbeiten. Es gab zwar ein paar Pfade, aber sie waren nicht besonders breit. Jake fiel wieder ein, daß es hier keine Tiere gab, die richtige Wildwechsel schaffen konnten; sie mußten also auf eine andere Art und Weise entstanden sein. Vielleicht hatten die mobilen Pflanzen sie gebahnt, die es hier gab?

Auf allen Seiten war die kleine Gruppe von Grünpflanzen umgeben. Manche Bäume waren dreißig Meter hoch oder noch höher; ihre Blätter hingen fast bis auf den Boden herab, und mitunter waren sie von Schlingpflanzen überwuchert. Auf dem Boden drängten sich Büsche und Sträucher, und noch tiefer wuchsen Pflanzen, die wie Farne aussahen. Gras oder etwas ähnliches schien es nicht zu geben, doch der Boden war mit einer Art Moos bedeckt.

Dazwischen wuchsen Blumen und Früchte aller Größen, Formen und Farben. Es war ein unglaubliches Gefühl, durch dieses üppige Leben zu marschieren. Hunderte verschiedener Gerüche hingen in der Luft, aber die Blumen schienen nicht zu duften. Diese Duftstoffe waren schließlich nur ein Trick der Blumen, der die Insekten dazu bringen sollte, sie zu bestäuben, und auf dieser Welt gab es keine Insekten. Jake fragte sich, warum es überhaupt so viele Farben gab, wenn sie keine Insekten anlocken sollten. Vielleicht war das nur ein Zufall? Oder hatten einige Pflanzen vielleicht Augen, die Farben erkennen konnten?

Schließlich schien der Boden unter ihren Füßen ein wenig anzusteigen, und Jake sah in Lücken zwischen den Bäumen graue und braune Felsen aufblitzen. Sie befanden sich fast am Fuß der Berge – die wegen des üppigen Pflanzenlebens noch immer kaum auszumachen waren!

Vor ihnen erklang ein Willkommensruf, und dann winkte Ashley. »Da oben ist T'Ara«, meldete sie. Das gab Jake etwas zusätzliche Kraft, und kurz darauf brachen sie durch eine Lücke in der Vegetation. Vor ihnen befand sich eine kleine Lichtung, moosbedeckt, aber frei von anderen Pflanzen. Dahinter lag die Öffnung einer großen Höhle. T'Ara stand winkend im Eingang. Als sie näherkamen, sah Jake, daß auch die anderen Schüler in der Höhle waren; die meisten saßen oder lagen auf dem Boden. Er konnte es ihnen nicht verdenken; sie mußten nach dem Absturz noch ganz durcheinander sein, und obwohl der Marsch hierher eigentlich nicht besonders lang gewesen war, waren sie noch so jung, daß er ihnen bestimmt zu schaffen gemacht hatte.

Als sie in der Höhle waren, ließ Mrs. O'Brien Lieutenant Danvers sanft zu Boden gleiten. Jake fiel plötzlich auf, daß auch sie einen Rucksack über ihre Schulter geworfen hatte. Daraus zog sie eine Decke für Notfälle heraus. Sie war sehr dünn, aber warm und behaglich. Ashley half ihnen, und sie hüllten den verletzten Piloten in die Decke.

»Wird er wieder gesund werden?« fragte Ashley die Lehrerin.

Mrs. O'Brien seufzte. »Wenn ich das wüßte … Er hat viel Blut verloren und eine dicke Beule am Kopf. Vielleicht hat er eine Gehirnerschütterung.« Sie holte einen Erste-Hilfe-Kasten aus dem Rucksack. »Den konnte ich noch mitnehmen, aber ich weiß nicht genau, wie man damit umgeht.« Sie holte einen Medo-Tricorder hervor und scannte den Piloten. Über das Ergebnis ließ sie nichts verlauten, doch Jake sah, daß sie die Stirn runzelte. Dann schaute sie auf. »Wie geht es den anderen?«

»Den meisten ganz gut«, sagte Laren. »Prellungen und Schnittwunden, das ist alles.«

Mrs. O'Brien nickte. »Ich werde trotzdem alle untersuchen.« Sie nahm Molly in die Arme. »Wie geht es meinem Schatz?« fragte sie ihre Tochter. Molly antwortete nicht, sondern klammerte sich an ihre Mutter. Jake sah zu, wie Mrs. O'Brien sie mit dem Tricorder untersuchte und dann lächelte. Sie ging weiter, während Molly sich noch an sie klammerte, um die anderen zu untersuchen.

Jake schaute den Hügel hinab zu der Stelle, an der ihr Schiff abgestürzt war. Dort waren natürlich nur Bäume und Pflanzen zu sehen. Etwas Großes und Grünes huschte über die kleine Lichtung und verschwand. Er schüttelte den Kopf; dieser Ort war seltsam und unheimlich. Dennoch ... er hatte keine Explosion gehört und konnte weder Rauch noch Feuer sehen. Vielleicht hatte der Flitzer es ja doch überstanden.

Ashley, T'Ara und Nog gesellten sich am Höhleneingang zu ihm. Die Vulkanierin scannte die Umgebung noch immer mit dem Tricorder. »Das ist sehr seltsam«, erklärte sie.

»Was?« fragte Jake.

»Die Cardassianer.«

Nog schnaubte. »Denen kann man nicht vertrauen«, knurrte er. »Was ist seltsam daran, daß sie uns angegriffen haben?«

»Alles«, sagte Jake. »*So* eklig sind sie normalerweise auch wieder nicht. Und sie müssen gewußt haben, daß wir keine Waffensysteme aktiviert hatten. Uns blieb vor ihrem Angriff doch nicht mal die Zeit, die Schilde zu aktivieren. Normalerweise schießen Cardassianer nicht einfach auf wehrlose Raumfahrer.«

»Das kommt noch hinzu«, sagte T'Ara ernst. »Hätten sie sich aus irgendeinem Grund von uns bedroht gefühlt, hätten sie versucht, uns gefangenzunehmen, aber nicht zu töten. Trotzdem ist am verwirrendsten, daß sie uns nicht getötet haben.«

»Sprich so, daß man dich auch versteht«, schlug Ashley vor.

»Ich meine«, erklärte T'Ara, »sie hatten zwei oder drei Möglichkeiten, unseren Flitzer abzuschießen. Und doch haben sie uns mit dem ersten Schuß verfehlt, und der zweite hat uns nur gestreift und das Schiff beschädigt. Die Cardassianer sind doch bestimmt bessere Schützen. Warum haben sie uns nicht in die Luft gejagt?«

»Beklagst du dich darüber?« fragte Nog.

»Nein. Bloß...« Sie hielt inne, als drei Meter von ihnen entfernt im Urwald plötzlich ein lauter Schrei erklang. Es war ein unheimliches, hallendes, entsetzliches Geräusch, das Jake schaudern ließ.

# 6

»Was war das?« fragte Jake besorgt.

»*Wer* war das?« verbesserte Ashley ihn. Sie sah verängstigt aus. »Da hat jemand vor Schmerz geschrien!«

Nog ergriff Jakes Arm. »Schmerz! Das bedeutet Gefahr! Und ich bin allergisch gegen Schmerzen und Gefahren! Es müssen die Cardassianer sein! Sie sind uns gefolgt!« heulte er.

Jake löste den Griff seines Freundes und schüttelte den Kopf. »Wenn es die Cardassianer wären, würden sie wohl kaum schreien und uns so verraten, daß sie kommen.«

»Vielleicht wollen sie uns auf diese Weise angst machen?« beharrte Nog.

»Falls ja, hat es funktioniert«, murmelte Ashley zitternd. Sie warf einen Blick auf T'Ara, die den Tricorder betrachtete. »Hast du noch nichts herausgefunden?«

T'Ara zog eine Augenbraue hoch. »Den Anzeigen zufolge«, sagte sie, »sind da draußen tatsächlich Cardassianer, aber sie sind ziemlich weit entfernt. Fast ein Dutzend Kilometer. Und abgesehen von ihnen gibt es nur noch uns hier in der Höhle.«

Die Schreie kamen näher. Jake schüttelte den Kopf. »Sag mir nicht, daß das pure Einbildung ist!«

»Ganz im Gegenteil«, erwiderte T'Ara. »Die Schreie sind eindeutig echt. Aber sie stammen nicht von einem humanoiden Wesen. Also müssen sie logischerweise von einer Pflanze stammen.«

»Eine *schreiende* Pflanze?« Jake konnte es kaum glauben. Das war wirklich ein unheimlicher Planet!

Er hatte noch nicht ganz ausgesprochen, da kam etwas aus den Büschen links von der Lichtung geschossen und rollte über das Moos. Es war kugelförmig, grün und belaubt, hatte einen Durchmesser von etwa einem Meter und schrie aus vollen ... nun ja, so laut es konnte, dachte Jake. Es sah aus wie ein riesiger Kohlkopf und klang, als würde eine Katze totgeschlagen.

Zu Jakes Überraschung jagte Nog dem rollenden Ball plötzlich hinterher. Mit einem genau abgepaßten Sprung landete er mitten auf dem Kohlkopf, schlang die Arme darum und hob ihn hoch. Die Pflanze heulte sogar noch lauter über diese Demütigung, als Nog mit ihr triumphierend zur Höhle zurückmarschierte. »Mein erstes Exemplar«, sagte er zu Jake. »Toll, was?«

»Laut«, verbesserte Ashley und hielt sich die Ohren zu. »Wenn du es nicht zum Schweigen bringen kannst, lasse ich nicht zu, daß es in meiner Nähe bleibt. Das Gekreische dieser Heulboje geht mir unglaublich auf die Nerven!«

»Kein Problem.« Nog schüttelte einen kleinen Lederbeutel aus seinem Rucksack. Es gelang ihm, das Kohlding hineinzuschieben, und dann drückte er auf ein kleines Kontrollfeld auf der Außenseite des Beutels. Das lederähnliche Material schloß sich sofort, und das Heulen hörte auf. Nog grinste seine Freunde breit ein. »Ein Stasisbeutel«, erklärte er. »Das hält das Ding frisch – und ruhig –, bis wir zu Hause sind.« Er bedachte Ashley mit einem selbstgefälligen Lächeln. »Ich werde dieses Ding wohl Heulboje nennen. Das gefällt mir.« Dann fügte er schnell hinzu: »Der Name, nicht die Pflanze!«

Jake drehte sich wieder zu T'Ara um. »Was ist mit

diesen Cardassianern?« fragte er sie. »Verrät der Tricorder uns, was sie hier machen?«

Die Vulkanierin betrachtete das Gerät wieder. »Es sind insgesamt sechs«, erwiderte sie. »Zwei befinden sich in irgendeinem Fahrzeug auf dem Boden, die vier anderen entfernen sich davon.«

»Das Schiff, das uns abgeschossen hat«, vermutete Ashley. »Es muß gelandet sein, und jetzt suchen sie nach uns.«

T'Ara runzelte die Stirn. »Das ist unlogisch«, sagte sie. »Wenn mein Tricorder sie wahrnehmen kann, müßten sie imstande sein, uns mit ihren Tricordern zu lokalisieren.«

Jake schoß eine Idee durch den Kopf. »Vielleicht haben sie aus irgendeinem Grund keine Tricorder«, sagte er nachdenklich. »Du hast doch gesagt, es sei seltsam, daß sie uns bei ihrem Angriff nicht abgeschossen haben. Jetzt scheinen sie weder uns noch den abgestürzten Flitzer auf dem Boden finden zu können. Sie scheinen in technischer Hinsicht irgendwelche Probleme zu haben.«

»Genau«, stimmte T'Ara ihm zu. »Das würde auch erklären, warum sie uns erst angegriffen haben, als wir uns dem Planeten schon so weit genähert hatten. Aber warum steht ihnen nicht mal ein einfacher Sensor zur Verfügung?«

»Keine Ahnung«, gestand Jake ein. »Die ganze Sache ist ziemlich seltsam.« Während er dies sagte, erklang im Dschungel ein wildes Peitschen, gefolgt von einem sehr tiefen Gurgeln. Er verspürte nicht gerade den Drang herauszufinden, was die Geräusche verursacht hatte, und kehrte wieder in die Höhle zurück, in der Mrs. O'Brien den verletzten Piloten erneut untersuchte. Lieutenant Danvers war nicht bei

Bewußtsein, aber sein Atem ging schwer, und er war furchtbar bleich. »Wie geht es ihm?« fragte Jake die Lehrerin.

Mrs. O'Brien seufzte. »Schlecht, fürchte ich. Er braucht wirklich medizinischen Beistand. Mein Herumpfuschen mit der Bordapotheke genügt nicht.« Sie stand langsam auf und drückte Molly an ihre Brust. »Aber die anderen Schüler sind in Ordnung, und Molly und mir geht es gut.« Sie sah sich in der Höhle um. »Wir müßten hier einigermaßen sicher sein«, sagte sie. »Aber wir brauchen irgendwann etwas zu essen.«

Ashley und die anderen waren ihm gefolgt. Nun lächelte das blonde Mädchen. »Kein Problem«, sagte es. »Wir haben ja die Tricorder, mit denen wir ungefährliche Früchte und Pflanzen von gefährlichen unterscheiden können.«

»Gute Idee«, pflichtete Laren ihr bei und hob ihren eigenen Tricorder. »Wir helfen dir beim Sammeln.«

»Wir könnten zum Flitzer zurückkehren und Vorräte holen«, schlug Jake vor.

Mrs. O'Brien schüttelte den Kopf. »Dieses Risiko möchte ich im Augenblick lieber noch nicht eingehen. Die Triebwerke könnten noch immer explodieren. Warten wir noch ein paar Stunden, bevor wir uns dorthin zurückwagen.« Sie lächelte ihnen ermutigend zu. »Wir kommen schon klar.«

T'Ara runzelte leicht die Stirn. »Die Cardassianer sind ebenfalls auf dieser Insel gelandet«, sagte sie so leise, daß die jüngeren Kinder sie nicht hören konnten. »Sie scheinen nach uns zu suchen. Wenn sie in diese Richtung gehen, könnten sie morgen früh hier sein.«

Die Lehrerin erbleichte, als sie dies hörte. »Dann müssen wir dringend einen Notruf ausschicken«, sagte sie. »Aber wie?«

»Ich könnte dabei helfen.«

Jake schaute zu Lieutenant Danvers hinab, der die Augen aufgeschlagen hatte. Der Pilot verzog zwar vor Schmerz das Gesicht, doch es gelang ihm, sich auf einen Ellbogen aufzurichten. »Der Subraumsender des Flitzers wurde beim Absturz kaum beschädigt«, sagte er und rang dabei ein wenig nach Luft. »Er kann problemlos ausgebaut werden und verfügt über seinen eigenen Energiekern. Wenn Sie mir den Sender und meinen Werkzeugkasten aus dem Schrank neben meinem Sessel bringen, kann ich bestimmt einen Notruf losschicken.«

»Aber das heißt, daß wir zum Flitzer zurückkehren müssen!« rief Mrs. O'Brien. »Das ist doch bestimmt sehr gefährlich, oder?«

»Nicht unbedingt.« Der Pilot versuchte sich aufzurichten, fiel jedoch stöhnend wieder zurück. »Ich schaffe es nicht«, entschuldigte er sich. »Aber ich kann einen Tricorder so einstellen, daß er nach Anzeichen dafür sucht, ob das Triebwerk explodiert. Auf diese Weise ist es nicht so riskant.«

»Ich gehe«, sagten Ashley und Jake gleichzeitig.

»Das kann ich nicht zulassen«, sagte die Lehrerin, aber ihre Stimme klang etwas unsicher. »Ich gehe selbst.«

»Sie werden es nicht schaffen, den Sender auszubauen«, sagte Ashley. »Ich weiß, wie das geht; ich bin eine tolle Technikerin.«

»Und wenn wir vier zusammen gehen«, fügte Jake hinzu, »können wir schneller arbeiten und auch ein paar Vorräte aus dem Schiff mitbringen.«

»Vier?« wiederholte Nog. »Welche vier denn? Ich komme auf keinen Fall mit!«

»O doch«, sagte Jake zu ihm. »Alle Gegenstände an Bord des Flitzers sind jetzt Bergegut.« Er sah in den Augen seines Freundes, wie der Gedanke, Geld zu verdienen, gegen seine Furcht ankämpfte, wußte aber, was den Sieg davontragen würde. Er gab Lieutenant Danvers seinen Tricorder. »Hier. Wenn Sie ihn rekalibrieren, kann ich damit das Triebwerk im Auge behalten.«

»Ich werde auch mitkommen«, sagte Mrs. O'Brien.

»Sie werden hier gebraucht«, sagte T'Ara. »Die Kinder brauchen Sie – vor allem Molly. Und Sie sind die einzige, die Lieutenant Danvers behandeln kann, falls es ihm schlechter gehen sollte. Wir werden sehr vorsichtig sein.«

»Ich komme mit«, sagte Laren.

Jake schüttelte den Kopf. »Du kannst dich nützlicher machen, indem du mit deinen Freunden hier etwas zu essen suchst, nur für den Fall, daß wir nicht genug Lebensmittel mitbringen können.«

Laren dachte darüber nach und nickte dann. »Ja, das klingt logisch«, sagte sie und ging zu den anderen Bajoranern hinüber. »Also schön, ab mit euch. Bakis, *bitte* hör auf zu flennen, oder ich gebe dir einen richtigen Grund zum Heulen.«

Mrs. O'Brien sah Jake und seine Freunde an. Sie war eindeutig besorgt, nickte schließlich aber. »Na gut. Aber seid *wirklich* vorsichtig. Ich möchte, daß ihr beim geringsten Anzeichen von Problemen sofort zurückkommt. Tut ja nichts Törichtes, ja?«

»Keine Angst«, versprach Jake. »Wir passen schon auf. Wir wissen, daß es gefährlich ist.« Er empfand ein wenig Angst bei dem Gedanken, zur Absturzstelle zurückzukehren, denn er wußte, es bestand durchaus die Möglichkeit, daß sie umkamen. Gleichzeitig wußte er, daß sie es riskieren mußten – und die Gefahr fügte ein gewisses Prickeln der Aufregung hinzu. Denn ganz gleich, wie gefährlich es sein mochte, es war ihre einzige Hoffnung auf Rettung.

# 7

Die vier brachen zum Shuttle auf. Jake ging voran, den Tricorder in der erhobenen Hand. Er zeigte an, daß der Flitzer sich direkt vor ihnen befand. Ein gleichmäßig brennendes Lämpchen gab Auskunft über den Zustand des Triebwerks. Wenn die Farbe von Gelb nach Rot wechselte, würden sie um ihr Leben laufen müssen. Doch im Augenblick gab es kein Anzeichen für so eine Veränderung.

Die Geräusche des Dschungels hallten unheimlich um sie herum. Überall waren Pflanzen. Kein Zentimeter Boden blieb frei, und viele Pflanzen wuchsen übereinander oder schlangen sich sogar um die Äste der Bäume. Einmal hörten sie in einiger Entfernung eine andere Heulboje durch das Gebüsch stürmen. Nog hatte seine Mustertaschen dabei und nahm die Gelegenheit wahr, zwei weitere Proben zu sammeln – eine sehr schöne orchideenähnliche Blume, die zartlila und golden gefärbt war, und eine große Pflanze mit blauen, glockenähnlichen Blüten. Sie kamen an einem weiteren Kribbelgewirr vorbei, konnten dank der guten Vorbereitung durch ihre Lehrerin Problemen jedoch aus dem Weg gehen. Die herabhängenden, lederähnlichen Kugeln schwankten langsam im Wind, jederzeit zum Zuschlagen bereit.

T'Ara hielt ständig nach den Cardassianern Ausschau. Die vier, die nach ihnen suchten, waren noch ein paar Kilometer entfernt, kamen aber ständig näher. Jake vermutete, daß sie gesehen hatten, wo in etwa der Flitzer runtergekommen war, und nun versuchten, den Bereich einzugrenzen. Offensichtlich standen ihnen weder Tricorder noch Sensoren zur Verfügung, denn die Energieortungen, die er von dem Flitzer auffing, hätten auch die Cardassianer bemerken müssen. Es war schon sehr seltsam, daß es ihnen an so grundlegenden Instrumenten zu mangeln schien, und Jake konnte sich keinen Reim darauf machen.

»Hier ist es ziemlich schön, nicht wahr?« stellte Ashley fest. »Wären wir nicht gestrandet und würde man uns nicht jagen, wäre es ein idealer Ort für eine Exkursion.«

»Ja«, stimmte Jake zu. »Aber wir *sind* gestrandet, und man *jagt* uns. Ich kann es nicht erwarten, von hier wegzukommen.« Dann runzelte er die Stirn. »Das ist aber komisch.«

»Was?« Sie spähte über seine Schulter auf den Bildschirm des Tricorders, den er betrachtete.

Das gelbe Licht auf dem Gerät wurde allmählich weiß. »Das hier«, sagte er zu ihr. »Es sieht so aus, als ginge das Energieniveau allmählich zurück.«

»Und was ist daran komisch?« fragte Ashley. »Das Triebwerk kühlt wahrscheinlich einfach ab, statt in die Luft zu fliegen. Damit wird es für uns ungefährlicher, das Schiff zu betreten, das ist alles.«

»Ja«, sagte Jake zweifelnd. »Aber es fing gerade erst an, sich zu verändern, und ist vorher gleichmäßig geblieben.«

»Vielleicht ist eine Pflanze ins Schiff eingedrungen«, schlug Nog vor. »Und hat die Energie absorbiert.« Als er Ashleys leeren Blick sah, fügte er hinzu: »Eine richtig energische Pflanze!« Er kicherte über seinen eigenen Witz.

»Es kommt mir einfach komisch vor«, murmelte

Jake. Aber auch jetzt konnte er sich keinen Reim darauf machen. Dieser Planet wurde anscheinend immer seltsamer.

T'Ara lächelte ihm ermutigend zu. Dann fiel ihr wieder ein, daß sie eine Vulkanierin war und so etwas eigentlich nicht tun sollte. »Wir werden in zehn Minuten dort sein«, sagte sie mit wieder ausdruckslosem Gesicht. »Dann werden wir sehen, was los ist.«

Sie gingen weiter, dem Flitzer entgegen. Die Warnlampe auf dem Tricorder leuchtete mittlerweile in reinstem Weiß. Das hieß entweder, daß die Triebwerke völlig ausgeschaltet worden waren oder der Tricorder einen Fehler hatte. Jake nahm einen Diagnosecheck an dem Gerät vor, doch dabei ergab sich, daß es völlig in Ordnung war. Warum hatte das Triebwerk sich also gerade abgeschaltet?

Im Gebüsch neben dem Pfad raschelte es. Wahrscheinlich wieder eine dieser beweglichen Pflanzen, die durchs Unterholz streiften, doch Jake schaute trotzdem hin. Dann blieb er abrupt stehen.

Einen flüchtigen Augenblick lang sah er *etwas* im Gebüsch, das seinen Blick erwiderte. Dann war es wieder verschwunden. Er hatte es nicht genau ausmachen können, aber es war klein, haarig ... und humanoid.

»Da war jemand!« rief er und zeigte auf die Stelle.

»Was?« Die drei anderen schauten in diese Richtung, sahen aber nichts mehr, und das einzige Geräusch war jetzt das Rascheln der Blätter im Wind.

T'Ara hob ihren Tricorder und scannte die Umgebung. »Ich kann lediglich pflanzliche Lebensformen ausfindig machen«, erklärte sie.

Nog verzog das Gesicht. »Du *weißt* doch, daß es hier nur Pflanzen gibt«, beklagte er sich. »Von uns und den

Cardassianern mal abgesehen – und die sind kilometerweit entfernt.«

»Ich habe etwas gesehen«, beharrte Jake.

Nog rümpfte ungeduldig die Nase. »Vielleicht hast du dir bei der Bruchlandung den Kopf gestoßen«, sagte er. »Da draußen ist nichts. Da *kann* nichts sein.«

»Das ist mir egal«, erwiderte Jake. »Ich *habe* in diesem Gebüsch etwas gesehen.« Er verließ den Pfad, um die Stelle genau zu untersuchen, doch dort war nichts mehr, und er entdeckte auch keine Spuren auf dem moosbewachsenen Boden. Unsicher schaute er zu seinen Freunden zurück.

Nog verdrehte die Augen. »Treibst du hier dumme Spielchen, oder wollen wir das Schiff ausschlachten?«

»Na schön.« Jake ging zu ihnen zurück. »Aber ich habe etwas gesehen. Ich weiß es genau.«

Ashley zuckte mit den Achseln. »Etwas, das ein Tricorder nicht wahrnehmen kann?« fragte sie skeptisch.

»Ich glaube schon.« Jake wußte, daß er nicht sehr überzeugend klang. Und er hatte es nur ganz kurz gesehen ... Vielleicht gab es auf dieser Welt mobile Pflanzen, die so *aussahen*, als hätten sie haarige Gesichter? »Gehen wir weiter.«

Ein paar Minuten später erreichten sie die Absturzstelle. Der Flitzer sah noch genauso aus, wie sie ihn zurückgelassen hatten, die eingedrückte Nase halb in den Boden gegraben. Ashley pfiff überrascht und zeigte auf die Rillen, die das abstürzende Schiff in den Boden gepflügt hatte. »Seht euch das an!« rief sie.

Die breite Furche in der Erde war bereits halb von Moosen und anderen Pflanzen überwuchert. Jake konnte fast sehen, wie der grüne Bereich sich langsam ausdehnte und das nackte Erdreich bedeckte. »Diese Dinger verschwenden nicht viel Zeit, was?« fragte er.

»Sie haben sogar schon damit angefangen, den Flitzer zu überwuchern«, sagte Nog erstaunt. Er hatte recht – mehrere große Pflanzen wanden sich bereits durch die klaffenden Löcher in der Schiffshülle. In ein paar Tagen würde das gesamte Schiff unter dem pflanzlichen Leben verschwinden.

»Dann bleib nicht zu lange an Ort und Stelle stehen«, sagte Ashley trocken. »Sonst wachsen sie noch an deinen Beinen hoch.« Sie drehte sich zu Jake um. »Wie sieht der Energiepegel aus?« fragte sie.

Jake warf einen Blick auf seinen Tricorder. »Absolut tot«, sagte er verwirrt. »Ich empfange nicht mehr die geringste Ausstrahlung von den Maschinen.«

»Dann müßten wir ja gefahrlos hineingehen können«, erwiderte Ashley. Sie eilte über die Lichtung und zwängte sich durch die Türöffnung. Als Jake ihr folgte, hörte er, daß sie schockiert aufschrie.

Besorgt, ihr könne etwas passiert sein, zog er sich in das Schiff hoch. Als er sich aufrichtete, stellte er fest, daß Ashley unverletzt war und sich einfach nur umschaute. Und dann sah er, wieso sie überrascht war.

Das Innere des Flitzers war fast leer. Alle in die Wände eingelassenen Schränke waren geöffnet worden, und die Regalfächer, auf denen Instrumente liegen sollten, waren leer. Das Kontrollpult war verschwunden, ebenso wie die Werkzeuge, die Tricorder, einfach alles bis auf ein paar Rucksäcke. Während sie fort gewesen waren, hatte *irgend etwas* das Schiff auseinander genommen.

# 8

»Was ist passiert?« fragte Jake überrascht.

»Jemand war vor uns hier«, sagte Ashley grimmig. »Die gesamte Elektronik scheint aus dem Schiff entfernt worden zu sein. Einschließlich des Subraumsenders. Und des Werkzeugkastens!«

Nog und T'Ara gesellten sich im nackten Gerippe des Schiffs zu ihnen. »Das ist unfair!« rief der Ferengi. »Der Bergelohn steht uns zu!«

»Es ist schlimmer als nur unfair«, sagte Ashley zu ihm. »Ohne das Funkgerät können wir keine Hilfe rufen. Jetzt stecken wir endgültig hier fest.«

»Bis jemand sich so große Sorgen macht, daß er nach uns sucht«, warf T'Ara ein.

»Wahrscheinlich eher, bis die Cardassianer uns finden«, erwiderte Jake verbittert. »Wir können uns nicht ewig vor ihnen verstecken.«

T'Ara erbleichte angesichts dieser Vorstellung ein wenig. Spätestens seitdem die Cardassianer im Weltraum das Feuer auf den Flitzer eröffnet hatten, war klar, daß sie durchaus bereit waren, sie zu töten. Es bestand kein Grund zu der Annahme, daß sie hier auf diesem Planeten freundlicher sein würden.

»Glaubst du, die Cardassianer haben das getan?« fragte Jake.

»Unmöglich«, antwortete Ashley. »Den Tricordern zufolge sind sie noch mehrere Kilometer von uns entfernt.«

»Den Tricordern zufolge«, erwiderte Jake, »ist außer

uns *niemand* hier. Aber *irgend jemand* hat diese Sachen mitgenommen, und ich glaube nicht, daß es ein paar langfingrige Pflanzen waren.«

T'Ara hob ihren Tricorder. »Er zeigt noch immer nichts an«, sagte sie. »Und er ist nicht dafür geschaffen, komplizierte Scans vorzunehmen. Aber wer konnte denn schon ahnen, daß wir etwas brauchen würden, mit dem man wesentlich gründlicher vorgehen kann als damit?«

Jake schüttelte ungläubig den Kopf und ging zu den Vorratsschränken hinüber. Er hob eine der wenigen Taschen auf, die sich noch darin befanden, und öffnete sie. Darin waren mehrere Pakete mit Lebensmitteln. »Na ja, wenigstens haben die Täter nicht auch noch die Nahrungsmittel gestohlen.«

Ashley trat zu ihm. »Ja«, sagte sie nachdenklich. »Merkwürdig ist, daß sämtliche Lebensmittelpakete noch hier sind. Ist es nicht seltsam, daß sie alle Geräte mitgenommen, die Vorräte aber zurückgelassen haben?«

T'Ara runzelte die Stirn. »Wären Cardassianer die Diebe«, sagte sie, »hätten sie zumindest ein paar Lebensmittel mitgenommen. Sie können sie verzehren. Daraus folgt ... wer auch immer das elektronische Material mitgenommen hat, kann unsere Nahrung nicht essen.«

»Pflanzen zum Beispiel, meinst du?« fragte Jake. »Aber warum sollten Pflanzen einen Sender stehlen?« Er schnippte mit den Fingern. »He, was ist mit diesem Wesen, das ich im Dschungel gesehen habe?«

Ashley verzog unwillig das Gesicht. »Niemand sonst hat etwas gesehen, Jake. Und die Tricorder haben niemanden registriert.«

»Sie haben auch *hier* niemanden registriert«, sagte

Jake und zeigte in dem entkleideten Schiff um sich. »Aber offensichtlich war jemand hier. Vielleicht derselbe Jemand, den der Tricorder zuvor auch nicht gesehen hat?«

»*Falls* du jemanden gesehen hast«, hielt Ashley dagegen. Dann schüttelte sie den Kopf. »Dieser Planet ist unheimlich und wird jeden Augenblick unheimlicher.«

»Es ist sinnlos, noch länger hierzubleiben«, warf Nog knurrend ein. »Schnappen wir uns die Lebensmittel und kehren wir zur Höhle zurück, bevor auch noch die Vorräte verschwinden. Ich habe Hunger!«

Jake nickte. »Ja, wieso nicht«, stimmte er zu. Aber was sollten sie Mrs. O'Brien sagen? Ihre letzte Chance, Hilfe zu rufen, war vertan. Jetzt hatten sie zwar jede Menge Nahrungsmittel, aber die Cardassianer kamen immer näher – und die unsichtbare Macht, die den Flitzer ausgeräumt hatte, war hinter ihnen her …

Mrs. O'Brien konnte auch nicht erklären, was geschehen war. Sie war zwar dankbar, daß sie jetzt genug zu essen hatten, doch der Verlust des Funkgeräts hatte sie offenbar sehr schwer getroffen. Jake wußte, daß sie denken mußte, dieser ganze Alptraum sei ihre Schuld. Die Exkursion hierher war ihre Idee gewesen, und sie hatte Jakes Vater überzeugt, daß dieser Planet völlig ungefährlich war. Aber sie hatte die Probleme, auf die sie stoßen würden, einfach nicht vorhersehen können – und auf keinen Fall einen cardassianischen Angriff. Auch wenn die Cardassianer nicht die nettesten Leute im Universum waren, reagierten sie normalerweise nicht so überzogen.

Warum hatten sie den Flitzer also angegriffen?

Ihre Lehrerin betrachtete hilflos den in die Decke

gehüllten Lieutenant Danvers. »Es geht ihm schlecht«, gestand sie ein. »Ich hatte gehofft, wir könnten Hilfe anfordern. Er hat viel Blut verloren, und ohne richtige medizinische Hilfe wird er höchstens noch einen Tag lang leben. Wir *müssen* doch irgend etwas tun können!«

»Wenn wir herausfinden könnten, wer die Geräte gestohlen hat«, schlug Ashley vor, »könnten wir sie uns vielleicht zurückholen.«

»Na klar!« sagte Nog schnaubend und zeigte auf T'Ara. »Sie kann ja noch nicht mal die Täter finden, geschweige denn die verschwundenen Gegenstände.«

»Es ist nicht T'Aras Schuld!« fauchte Ashley. »Sie tut ihr Bestes!«

»Augenblick mal«, sagte Jake. »Diese Geräte ... ist es möglich, mit dem Tricorder nach einigen Elementen darin zu suchen? Zum Beispiel nach Dilithiumkristallen oder einigen der selteneren Metalle?«

T'Ara schüttelte den Kopf. »Auf dieser Welt gibt es zu viele Metallvorkommen«, erwiderte sie. »Und einige Pflanzen haben hohe Metallkonzentrationen in ihren Stengeln und Blättern. Damit ist es sehr schwierig, nach einem bestimmten Gegenstand zu scannen, außer, es befindet sich eine in Betrieb befindliche Energiequelle darin. Nur auf diese Weise kann ich das cardassianische Schiff anmessen, und so haben wir den Flitzer überwacht, bis die Energiequelle verschwand. Der Sender muß ausgebaut, seine Energiequelle entfernt worden sein. Ich kann sie jedenfalls nicht mehr anmessen.«

»Dann können wir also nichts tun«, sagte Jake seufzend. Er betrachtete die abgepackten Lebensmittel und die Handvoll eßbarer Früchte und Gemüsesorten, die Larens Gruppe gesammelt hatte. »Tja, dann können wir wohl genauso gut essen und uns dann schlafen legen.« Dann fiel ihm das Vidspiel ein, das sein Vater ihm geschenkt hatte, bevor sie die Station verlassen hatten. »Außer, jemand möchte noch eine Runde spielen?« Er zog es aus seinem Rucksack. »Es ist ein Baseball-Simulator.«

»Ein Spiel?« Nog schüttelte den Kopf. »Ich glaube nicht, daß ich dafür jetzt Nerven hätte. Wir stecken in viel zu großen Schwierigkeiten. Ich will einfach völlig depressiv werden.«

»Ja.« Jake zuckte mit den Achseln. »Es würde keinen Spaß machen, jetzt zu spielen, was?« Er legte das Spiel wieder in seinen Rucksack und zog an der Schleife der abgepackten Ration. Damit erhitzte er den Inhalt, und ein paar Sekunden später hielt er eine dampfende Schüssel mit bajoranischem Fledermausvogel-Eintopf in der Hand. Er benutzte den kleinen Stiel einer örtlichen Pflanze als Löffel und fing zu essen an. Normalerweise war das eines seiner Lieblingsgerichte, aber die Besorgnis hatte ihm den Appetit verschlagen. Seine drei Freunde saßen neben ihm, jeder in seine eigenen Gedanken verloren. Dem Ausdruck auf ihren Gesichtern nach zu urteilen, war ihnen genauso elend zumute wie ihm.

Die jungen Bajoraner drängten sich um Laren zusammen. Bakis hatte endlich aufgehört zu heulen. Mrs. O'Brien nahm ihre Mahlzeit gemeinsam mit Molly zu sich. Sie blieb neben dem bewußtlosen Piloten sitzen und beobachtete ihn genau, während sie aß.

Jake kam sich völlig verloren und hilflos vor. Sie hingen hier fest, und es schien keinen Ausweg zu geben. Sie konnten lediglich versuchen, sich so lange wie möglich vor den Cardassianern zu verstecken. Zumindest konnten sie mit Hilfe der Tricorder feststellen, wo ihre Feinde sich befanden. Das war im Augenblick der einzige Trost.

Nachdem sie gegessen hatten, schaute Jake aus der Höhle und in den Urwald. Die Sonne war untergegangen, und die letzten bleichen Strahlen erstarben langsam in dem kleinen Teil des Himmels, den er sehen konnte. Manchmal schimmerten schwach einige Sterne, aber hauptsächlich befand sich da draußen eine Masse dunkler, verschlungener Pflanzen und Bäume. Niemand sagte sehr viel; alle waren viel zu niedergeschlagen, als daß ihnen etwas Vernünftiges eingefallen wäre. Schließlich legte Jake sich hin, benutzte den Rucksack als Kopfkissen und schlief irgendwann auch ein.

Es war noch Nacht, als jemand ihn wachschüttelte. Er setzte sich auf und sah in dem schwachen Licht Ashleys Gesicht, das besorgt zu ihm hinabschaute. »Jake!« flüsterte sie mit zitternder Stimme. »Die Tricorder – sie sind alle weg!«

# 9

»Weg?« wiederholte Jake und versuchte, wach zu werden und wieder klar zu denken. »Was meinst du mit *weg?*«

»Verschwunden«, sagte T'Ara trocken. Sie kniete neben Ashley auf dem Boden. »Ich glaubte ein Geräusch zu hören und wurde wach. Ich griff nach meinem Tricorder, aber er lag nicht mehr dort, wohin ich ihn gelegt hatte. Dann weckte ich Ashley, und wir suchten nach *irgendeinem* Tricorder. Wir konnten aber keinen mehr finden.«

»Bekommt man hier denn nicht mal ein paar Stunden Schlaf?« murmelte Nog in der Nähe. »Stört doch jemand anders, ja?«

»Das ist wichtig«, sagte Jake zu ihm.

»Mein Schlaf auch«, beklagte Nog sich.

»Und wie ist es mit deinem Leben?« fragte Jake. Er sprach leise, damit er die anderen nicht weckte. »Die Tricorder sind verschwunden, und ohne sie können wir nicht feststellen, wo die Cardassianer sind.«

Nog setzte sich abrupt auf. »Das ist ja schrecklich«, keuchte er, als er endlich begriff.

Jake wandte sich wieder den Mädchen zu. »Seid ihr sicher, daß *alle* Tricorder verschwunden sind?« Seiner lag auf jeden Fall nicht auf dem Stein neben seinem behelfsmäßigen Bett, wohin er ihn gelegt hatte.

»Alle«, bestätigte Ashley. »Was sollen wir jetzt tun?«

Jake dachte kurz nach. »Was für ein Geräusch hat dich aufgeweckt?« fragte er T'Ara. Vulkanier hatten ein sehr gutes Gehör, was nur zum Teil an der Form ihrer Ohren lag.

»Ich dachte, ich höre, wie jemand sich bewegt«, sagte sie. »Als ich jedoch wach wurde, sah ich niemanden. Ich griff nach meinem Tricorder, um die Umgebung zu scannen, aber er war nicht mehr da.«

»Das ist sehr merkwürdig«, sagte Jake. »Jemand schleicht in diese Höhle, nur um unsere Tricorder zu stehlen? Das ergibt doch keinen Sinn.«

»Es müssen die Cardassianer gewesen sein«, schlug Nog vor. »Wir wissen ja, was für ein Diebesgesindel sie sind.«

Jake schüttelte den Kopf. »Nein, das glaube ich nicht. Wären es die Cardassianer gewesen, hätten sie uns gleich gefangennehmen können. Warum sollten sie nur die Tricorder stehlen? Ich glaube, es waren dieselben Personen, die den Flitzer leergeräumt haben. Sie sind offensichtlich hinter elektronischen Geräten her, und wir hatten nur noch die Tricorder ...« Er hielt inne, als ihm sein Vidspiel einfiel. Der Rucksack, den er als Kopfkissen verwendet hatte, lag noch auf dem Boden. Das Spiel war zum Glück noch darin. Aber das war nur ein kleiner Trost. »Tja, mein Spiel haben sie nicht bekommen.«

»Wahrscheinlich wollten sie es gar nicht haben«, fauchte Nog. »Baseball ist langweilig.«

T'Ara schüttelte den Kopf. »Nein. Wahrscheinlich kamen sie nicht heran, da Jake den Rucksack als Kopfkissen benutzte.«

Jake dachte noch immer angestrengt nach. »Es muß das kleine Geschöpf gewesen sein, das ich im Dschungel gesehen habe«, beharrte er. »Ich weiß, ihr alle glaubt, ich hätte gar nichts gesehen, aber da draußen läuft *irgend etwas* herum und stiehlt elektronische

Geräte. Ich glaube, ich habe eins dieser Wesen ganz kurz gesehen, und es lief zum Flitzer zurück, um die anderen zu warnen, daß wir kommen.«

»Das ist logisch«, sagte T'Ara. »Aber nicht bewiesen.«

»Dann laßt es uns beweisen«, sagte Jake fest. Er tat es nicht gern, hob das Vidspiel aber trotzdem hoch. »Damit haben wir einen Köder.«

Ashley grinste. »Glaubst du etwa, der Dieb wird deshalb zurückkommen?«

»Er hat bis jetzt alle elektronischen Geräte gestohlen«, erwiderte Jake. »Und ich wette, dem hier kann er auch nicht widerstehen. Wir müssen den Langfinger nur schnappen, wenn er es holen will.«

»Kein Problem«, sagte Nog. »Ich bin Experte.« Als er Ashleys Gesichtsausdruck sah, fügte er schnell hinzu: »Darin, Langfinger zu *schnappen*, meine ich.« Er entblößte seine Zähne zu einem Grinsen. »Mit ein paar Schlingpflanzen von den Bäumen kann ich richtig feste Stricke knüpfen.« Er schlurfte aus der Höhle in die dahinterliegende Dunkelheit.

»Ob das wohl klappt?« fragte Ashley. Sie klang alles andere als sicher.

»Es muß einfach klappen«, erwiderte Jake. »Ohne die Tricorder können wir nicht sagen, wo die Cardassianer sind. Sie werden uns ganz bestimmt erwischen. Aber wenn wir vorher einen der Diebe fangen, können wir ihn – oder sie oder es – vielleicht zum Reden bringen oder als Geisel benutzen und damit die Rückgabe der gestohlenen Sachen erzwingen.«

T'Ara seufzte. »Ich wünschte, ich wüßte, warum die Tricorder nichts angezeigt haben. Das ist ja, als wollten wir einen Geist fangen.«

Jake zuckte zusammen. »Sag nicht so was«, bat er.

»Ich hatte genug Probleme mit meinem letzten Geist; hoffentlich ist unser Dieb hier aus Fleisch und Blut.«

»Fleisch und Blut hätte mein Tricorder bemerkt«, sagte T'Ara.

Am Eingang erklang ein leises Rascheln, und dann stand Nog wieder neben ihnen. »Ich habe, was ich brauche«, sagte er zufrieden. »Ein paar Minuten, und ich habe daraus eine Schlinge und einen Stolperstrick gebastelt. Habt ihr euch schon überlegt, wo ihr die Falle errichten wollt?«

Jake hielt sein Vidspiel fest und ging langsam auf den Höhleneingang zu. Ganz in der Nähe war ein flacher Stein, den man von außen sehen konnte, wenn man einigermaßen gute Augen hatte. Den bisherigen Aktivitäten des Diebes zufolge mußte man davon ausgehen. »Wie wäre es mit dieser Stelle?« schlug Jake vor.

»Eine gute Wahl«, stimmt Ashley zu und schaute sich in dem Halbdunkeln um. »T'Ara und ich können uns dort drüben auf die Lauer legen, und du und Nog, ihr rückt etwas tiefer in die Höhle. Dann müssen wir so tun, als würden wir schlafen.«

»Genau.« Jake zögerte, sich von seinem Spiel zu trennen. Wenn Nogs Falle nicht funktionierte, würde es vielleicht spurlos verschwinden. Er war *fast* sicher, daß Nog wußte, was er mit seiner Falle tat, doch ein kleiner Zweifel nagte an seiner Entschlossenheit. Trotzdem hatte er keine andere Wahl. Das war ihre einzige Chance, den Dieb zu schnappen und die wichtigen Geräte zurückzubekommen. Und, so hoffte er, eines der Geheimnisse dieses Planeten zu klären.

»Also los«, sagte Nog ruhig. Er legte die Schlinge neben den Stein und bedeckte sie mit einer dünnen Schicht Erde. Dann zog er einen dünneren Faserstrang von der Schlingpflanze ab und spannte ihn mit Hilfe von ein paar Stöcken als Stolperdraht auf. Schließlich hob er die Hand und nickte Jake zu. »Her damit.« Seufzend kam Jake der Aufforderung nach. Nog band das Ende der Faser an das Spiel und stellte es dann vorsichtig auf den Stein. »Alles klar.«

»Na ja«, sagte Jake zögernd. »Dann tun wir lieber mal so, als würden wir schlafen, was?« Ashley und T'Ara nickten und zogen zusammen davon. In etwa drei Metern Entfernung legten sie sich hin. Jake und Nog wichen tiefer in die Höhle zurück, dorthin, wo Mrs. O'Brien und die anderen fest schliefen. »Hätten wir es nicht der Lehrerin sagen sollen?« fragte Jake seinen Freund.

»Warum?« erwiderte der junge Ferengi. »Sie hätte sich doch nur Sorgen gemacht und darauf bestanden, die Falle selbst zu errichten. Wir können sie ja wecken, sobald wir den Langfinger geschnappt haben.«

*Falls wir ihn schnappen,* dachte Jake, sagte es aber nicht laut. So viel konnte schiefgehen. Als er vorgab zu schlafen, gingen ihm die möglichen Probleme durch den Kopf. Was, wenn der geheimnisvolle Dieb beobachtet hatte, wie sie die Falle errichteten? Dann würde er nicht in ihre Nähe kommen. Oder was, wenn er tatsächlich ein geistähnliches Wesen war, wie T'Ara es vermutet hatte? Dann wandelte er vielleicht durch die Falle, ohne sie auszulösen. Andererseits ... wie wollte der Dieb reale Gegenstände stehlen, falls er selbst nicht real war? Aber Jake wußte, daß es auch Dinge gab, die zwar real waren, aber nicht aus Fleisch und Blut. Zum Beispiel die Wesen, die das Wurmloch geschaffen hatten – sie bestanden aus Energie, die sie bei Belieben zu richtigen Körpern verfestigen konnten. Vielleicht war es mit dem fremden Dieb ganz ähnlich?

Zumindest mußte er nicht befürchten, er könne tatsächlich einschlafen, während er darauf wartete, daß der Dieb zurückkam. Er machte sich solche Sorgen, daß an Schlaf in dieser Nacht nicht mehr zu denken war. Würde der Dieb tatsächlich wegen eines dummen Vidspiels zurückkommen? Vielleicht war die Beute das Risiko nicht wert. Oder vielleicht hatte Jake sich das Geschöpf im Wald tatsächlich nur eingebildet. Aber wer oder was hatte den Flitzer leergeräumt und die Tricorder gestohlen, wenn nicht dieses haarige Ding, das er im Wald gesehen hatte?

Zumindest eines war jetzt etwas klarer geworden: weshalb die Cardassianer noch nicht imstande gewesen waren, ihre kleine Gruppe aufzuspüren. Der Dieb mußte auch die Tricorder und Scanner der Cardassianer gestohlen haben. Es hatte den Anschein, als wäre er – oder sie, falls es sich um eine Gruppe handelte – sehr aktiv und sehr, sehr gierig.

In diesem Fall würde er dem Köder wohl kaum widerstehen können.

Die Zeit verstrich quälend langsam. Jake hatte die Augen einen Spaltbreit geöffnet und schaute zu dem Stein hinüber. Er konnte den schwachen Glanz des Metallkastens des Vidspiels ausmachen. Hinter sich hörte er Schnarchgeräusche von Nog, aber er konnte nicht sagen, ob der Ferengi tatsächlich eingeschlafen war oder nur so tat. Er wagte es nicht, sich zu bewegen und es herauszufinden. Aber es sah Nog ähnlich, einfach einzuschlafen, wenn er am dringendsten gebraucht wurde. Eigentlich …

Jake hätte fast einen Satz gemacht. In der Höhlenöffnung hatte sich irgend etwas kurz bewegt. Von hier aus konnte er nicht mehr erkennen. Aber er hatte es sich nicht eingebildet. Ein paar Sekunden später nahm er aus dem Augenwinkel eine weitere kurze Bewegung wahr.

Der Dieb war zurückgekehrt – aber würde er auch den Köder schlucken?

Jake wartete, wagte kaum zu atmen. Es schien Stunden zu dauern, bis er die nächste Bewegung wahrnahm. Diesmal gab es nicht den geringsten Zweifel. Ein wenig Licht vom Nachthimmel fiel in die Höhle und erhellte eine schattenhafte Gestalt, die direkt zu dem Stein lief. Jake konnte nicht viel erkennen, nur, daß sie klein und untersetzt war. Also eindeutig kein Cardassianer, denn die waren groß und hager. Die kleine Gestalt befand sich nun neben dem Stein, auf dem das Vidspiel lag. Eine weitere schnelle Bewegung ...

... und ein schockiertes und entsetztes Heulen, als Nogs Falle zuschlug. Als die Schlinge sich um einen Knöchel zusammenzog, wurde die schemenhafte Gestalt von den Füßen gerissen.

Jake sprang auf und stürmte auf den Stein zu. Nog, Ashley und T'Ara folgten ihm. Im hinteren Teil der Höhle wurden Mrs. O'Brien, Laren und die anderen von dem Lärm geweckt. Bevor der erschrockene Dieb die Schlinge um seinen Knöchel lösen konnte, hatte Jake die Hände fest um einen haarigen Arm geschlungen. Dann starrte er schockiert das seltsamste Geschöpf an, das er je in seinem Leben gesehen hatte.

# 10

Ihr Gefangener zitterte vor Furcht. Jake hielt den einen Arm des kleinen Mannes fest, Ashley den anderen. Das Geschöpf war nur etwa einen Meter groß und sehr stämmig. Jake hatten seine Augen im Urwald nicht getrogen – der Dieb war mit dunklem Haar bedeckt. Er sah aus wie ein Troll, hatte zwei helle Augen, Nasenschlitze, die vor Furcht bebten, und einen kleinen Mund mit winzigen Zähnen. Er war mit einer Art Lederjacke und Hosen bekleidet, aber seine großen, haarigen Füße waren nackt.

Aber weder die Behaarung noch die Bekleidung ließ das Geschöpf so bizarr wirken. Seltsame Außerirdische kamen jeden Tag nach Deep Space Nine. Unheimlich an diesem Wesen war die Tatsache, daß Teile der Haut und des Fleisches fehlten und durch elektronische Geräte oder Schaltkreise ersetzt worden waren. Mehrere davon leuchteten, pulsierten oder veränderten ihre Form. Ihr Gefangener erweckte den Eindruck, ein halber Computer zu sein. Ein Teil eines Armes und die Hälfte des Halses waren mechanisch. Hinter dem linken Ohr befand sich ein leuchtendes Metallstückchen, in das eine Buchse eingelassen war. Zwei der Stummelfinger des Wesens bestanden aus Metall, und einer endete in einer Sonde.

»Wer *bist* du?« fragte T'Ara fasziniert.

»Was ist da los?« rief Mrs. O'Brien.

»Wir haben den kleinen Dieb gefangen«, antwortete

Nog und schaute sehr selbstzufrieden drein. »Mann, ist der häßlich.«

»Gerade du das sagen mußt«, grunzte ihr Gefangener. »Du auch nicht hübsch bist.« Er schaute noch immer verängstigt drein, bemühte sich gleichzeitig aber offensichtlich, so tapfer wie möglich zu sein.

»Wie heißt du?« fragte Jake das kleine Wesen.

»Du nicht verletzen mich wirst?« fragte das Geschöpf ängstlich.

»Nein, das werden wir nicht«, versprach Jake. »Wir wollen nur die Dinge zurückhaben, die ihr gestohlen habt.«

Ihr Gefangener zog ein langes Gesicht. »Möglich das ist nicht«, sagte er traurig. Er sah über ihre Schultern zu Mrs. O'Brien hinüber, die eine schläfrige Molly trug. Das Gesicht des jungen Mädchens erhellte sich, als es die haarige kleine Gestalt sah.

»Süß«, sagte Molly lächelnd.

»Wer bist du?« fragte die Lehrerin und starrte das Männlein erstaunt an.

Der Dieb betrachtete Molly. Er war eindeutig verwirrt, aber auch erfreut, das Kind zu sehen. »Baby ist deins?« fragte er die Lehrerin.

»Baby ist meins«, bestätigte Mrs. O'Brien, die nicht so recht wußte, was sie von dieser Bemerkung zu halten hatte.

»Ein Baby ich habe auch«, erwiderte das Wesen stolz.

»Wie schön«, sagte Jake sarkastisch. »Und unsere Tricorder und anderen Geräte du auch hast.« Die seltsame Redeweise des kleinen Wesens schien ansteckend zu sein. »Und wir wollen sie zurückhaben.«

»Möglich ist es nicht«, wiederholte die kleine Person. »Haben wir es müssen.«

Mrs. O'Brien ging neben ihnen in die Hocke, ließ Molly aber nicht los. »Kannst du erklären, was hier geschieht?« fragte sie den Dieb.

Der kleine Mann schaute bekümmert drein. »Vertrauen ich euch kann?« fragte er. »Den Cardassianern ihr es nicht sagen werdet?«

»*Uns* vertrauen?« fragte Nog entrüstet. »He, du bist hier der Dieb.«

»Und wir werden ganz bestimmt nicht mit den Cardassianern sprechen«, fügte Laren nachdrücklich hinzu. »Sie haben versucht, uns zu töten. Und sie haben meine Welt überfallen.«

»Uns zu töten sie auch versucht«, sagte ihr Gefangener.

»Es gibt mehr von euch?« fragte Mrs. O'Brien.

Das kleine Wesen zögerte einen Augenblick lang und nickte dann. »Versteckt wir uns haben. Trofar wir sind.« Er versuchte, auf seine Brust zu klopfen, aber Jake ließ seinen Arm nicht los. »Lek ich bin.«

»Nun ja, Lek«, sagte die Lehrerin. »Vielleicht solltest du uns erklären, was hier vorgeht. Meinst du nicht auch?«

Lek nickte. »Alles erklären ich werde. Loslassen ihr mich werdet?« Er schaute zu Jake uns Ashley hoch.

»Du wirst nicht davonlaufen?« fragte Jake. Er konnte nicht anders, er mußte das kleine Geschöpf einfach mögen. Nun, da der Trofar wußte, daß ihm keine unmittelbare Gefahr drohte, hatte er sich offensichtlich etwas beruhigt, aber er wirkte noch immer verängstigt.

»Mein Wort ich euch gebe«, erwiderte Lek. »Bleiben ich werde. Alles erklären ich werde.«

Jake sah die Lehrerin zweifelnd an, und sie nickte schnell. Er ließ Leks Arm los, und Ashley tat es ihm gleich. Das kleine Wesen grinste sie an und setzte sich dann auf den Stein, damit es sie ansehen konnte, während es sprach.

»Ein Trofar ich bin«, erklärte es. »Ein Planet weit, weit entfernt unsere Heimat ist. Von den Cardassianern hierher gebracht wir wurden. Gut im Verstecken wir sind, aber mit Instrumenten sie gefangen uns haben.« Sein Gesicht zuckte, als würde es von schlechten Erinnerungen überwältigt werden. »Verletzt sie uns haben. Verändert sie uns haben.« Er berührte eins seiner Implantate mit dem Sondenfinger. »Maschinen sie uns hinzugefügt haben.«

»Das ist ja schrecklich«, murmelte Ashley. »Aber warum haben sie euch das angetan?«

»Gut im Verstecken wir waren«, erwiderte Lek. »Aber mit den Implantaten wir noch besser im Verstecken sind. Vor den Implantaten, mit Tricordern und Sensoren sie uns finden konnten. Nun finden sie uns nicht können. Unsichtbar wir sind.«

»Unsichtbar seid ihr nicht«, sagte Nog. »Wir können dich sehen.«

»Mich sehen ihr könnt«, gestand Lek ein. »Uns sehen Sensoren können nicht. Uns aufhalten Deflektoren können nicht. Uns halten Energiebarrieren können nicht. Zwischen allen wir hindurchschlüpfen.«

Mrs. O'Brien schüttelte verwundert den Kopf. »Du meinst, sie haben alle möglichen elektronischen Implantate hinzugefügt, die euch für Sensoren unsichtbar machen? Und ihr kommt durch Kraftfelder hindurch?«

»Ganz recht du hast«, erklärte der Trofar. »Spione und Saboteure für die Cardassianer wir sollen sein. Dinge stehlen und Dinge sprengen sie von uns verlangen.«

Allmählich ging Jake ein Licht auf. Die Cardassianer hatten die Trofar entführt, die einem sehr scheuen Volk entstammten, das sehr geschickt darin war, sich zu verstecken. Indem sie sie mit elektronischen Implantaten ausstatteten, hatten sie es den kleinen Leuten ermöglicht, sich auch vor Sensoren zu verbergen. Solche Wesen konnten überall eindringen und waren die perfekten Geheimagenten. Deshalb hatten ihre Tricorder die Trofar nicht entdecken können. »Mann!« rief er aus. »Und was habt ihr getan?«

»Geweigert wir uns haben«, antwortete Lek. »Friedlich wir sind. Spione wir keine sind. Saboteure und Mörder wir keine sind. Wütend die Cardassianer sind.«

»Das kann ich mir gut vorstellen«, sagte Mrs. O'Brien. »Sie haben es nicht gern, wenn man sich weigert zu tun, was sie von einem verlangen.«

»Mögen sie es ganz bestimmt nicht«, bestätigte Lek traurig. »Getötet sie einige von uns haben. Ultimatum sie uns dann gestellt haben. Spione und Mörder wir werden oder sterben wir müssen.« Er schüttelte den Kopf. »Nicht glücklich wir waren.« Dann grinste er wieder. »Aber klug wir sind. O ja, sehr klug wir sind. Und unsichtbar für Sensoren wir sind. Aus cardassianischen Zellen wir geflohen sind. Durch ihre Gebäude wir gelaufen sind.« Er schlug sich stolz auf die Brust. »Anführer ich bin. Plan ich hatte. Ihr Raumhafen in der Nähe lag. Ein Schiff wir gefunden haben. Hinein wir geschlichen sind. *Wusch!* Ins Weltall wir entkommen sind. Großer Pilot ich bin.« Sein Gesicht zuckte. »Aber gefolgt sie uns sind. Auf uns geschossen sie haben. In den Dschungel hier abgestürzt unser Schiff ist. Gefolgt die Cardassianer uns sind. Versteckt wir uns haben. Schwierigkeiten wir haben.«

»Das kann ich mir gut vorstellen«, sagte die Lehrerin zu ihm.

»Geräte wir brauchen«, erklärte Lek. »Auf das cardassianische Schiff wir uns geschlichen haben. Einige ihrer Geräte wir genommen haben. Genug es nicht waren. Dann ein anderes Schiff gekommen ist. Spät, spät die Cardassianer es entdeckt haben. Angst sie haben, daß Föderation uns finden wird. Angst sie haben, daß gegen die Cardassianer wir uns wenden werden. Euer Schiff sie abschießen müssen. *Wusch!* Nicht richtig getroffen sie euch haben. Abgestürzt ihr trotzdem seid. Euch suchen die Cardassianer nun. Unsere Chance das ist. Euer Schiff voll mit Geräten ist.«

»Also habt ihr alles aus dem Flitzer geholt, was ihr tragen konntet?« fragte T'Ara.

»Recht ihr habt«, gestand Lek ein. »Holen wir es haben müssen.«

»Gierig ihr seid«, knurrte Nog. »Dann seid ihr uns hierher gefolgt und habt auch die Tricorder gestohlen?«

Lek nickte. »Haben wir sie müssen«, beharrte er und betrachtete sehnsüchtig das Vidspiel. »Auch das gebraucht wird.«

»Wofür braucht ihr es?« fragte Mrs. O'Brien. »Warum braucht ihr all diese elektronischen Geräte? Und weshalb könnt ihr sie uns nicht zurückgeben?«

Lek starrte sie erstaunt an. »Nicht verstehst du?« Er zeigte auf Molly. »Baby du hast.«

»Und *sie* bekommst du nicht«, sagte die Lehrerin nachdrücklich.

»Haben ich sie nicht will«, sagte Lek. »Baby ich habe.« Er sah sie alle an. »Babys wir alle haben.«

»Oh!« T'Ara riß die Augen auf, als sie endlich verstand, was er sagte. »*Jetzt*, meinst du!« Sie sah Mrs.

O'Brien an. »Lek meint, daß die Trofar hier und jetzt Babys bekommen.«

»Recht ihr habt!« erklärte Lek glücklich. »Nun ihr versteht. Babys wir haben – jetzt!« Er tippte auf das Vidspiel. »Verändert von den Cardassianern wir wurden. Genetisch verändert wir sind. Teilweise elektronisch *wir* sind. Neue Babys es nicht sind. Ohne viele Teile, sterben Babys werden. Brauchen wir sie wirklich.«

Endlich wurde Jake klar, was das kleine Geschöpf meinte. Die Cardassianer hatten die Trofar verändert und völlig von ihren elektronischen Implantaten abhängig gemacht. Das war ein Versuch gewesen, ihre Sklaven zu beherrschen. Die Babys würden geboren werden, aber sterben, sollten sie nicht sofort Implantate bekommen. Die Trofar waren gezwungen gewesen, alles zu stehlen, was sie konnten, um die Implantate zu bauen, die ihre Babys brauchten. Er konnte Lek und seinen Freunden für das, was sie getan hatten, keine Vorwürfe machen. Aber indem die Trofar die Geräte gestohlen hatten, hatten sie vielleicht sie alle dazu verurteilt, von den Cardassianern getötet zu werden.

# 11

»Schrecklich«, sagte Ashley mit einem tiefen Seufzen. »Wir haben unseren Dieb gefaßt, aber das hat uns nur weitere Kopfschmerzen eingebracht.«

Jake konnte die Enttäuschung seiner Freundin verstehen. Auch er hatte auf ihren Plan gehofft, der sie von diesem Planeten bringen sollte, bevor die Cardassianer sie fangen konnten. Jetzt schien er ihnen lediglich einen neuen Freund eingebracht zu haben, der noch versessener darauf war, sich vor ihren Häschern zu verbergen. »Und was tun wir jetzt?« fragte er.

Lek sah sie alle an. »Helfen ihr uns werdet?« fragte er.

»Wie können wir euch helfen?« fragte Jake nüchtern. »Wir müssen uns selbst helfen.«

Lek tippte auf Mrs. O'Briens Arm. »Mutter du bist. Helfen du uns kannst. Nicht gewöhnt an Kinder wir sind. Die ersten der neuen Trofar das sind. Schwanger unsere meisten Frauen sind.«

Die Lehrerin horchte auf. »Eure Frauen brauchen Hilfe bei der Geburt der Babys?« fragte sie.

Lek nickte.

Mrs. O'Brien biß sich unentschlossen auf die Lippe. »Ich kann meine Schüler nicht im Stich lassen«, sagte sie schließlich. Jake wußte jedoch, daß auch sie den Trofar helfen wollte.

»Mitbringen ihr sie könnt«, sagte Lek glücklich. »Schöne Höhle wir haben. Uns allen Platz sie bieten wird. Helfen ihr uns könnt.«

Die Lehrerin sah Lieutenant Danvers an. »Und wir haben einen Verletzten.«

»Mitnehmen wir ihn müssen«, sagte Lek. »Einige Medizin wir haben.«

Mrs. O'Brien seufzte. »In diesem Fall ist die eine Höhle so gut wie die andere. Und wenn wir zusammenbleiben, haben wir vielleicht eine bessere Chance gegen die Cardassianer.« Sie schaute aus der Höhle. »Es wird allmählich hell«, sagte sie. »Und ich glaube, mittlerweile dürften alle wach sein.« Sie sprach nun so laut, daß alle Schüler sie hören konnten. Die Bajoraner betrachteten fasziniert den kleinen Trofar, der noch immer auf dem Stein saß. »Alles aufgestanden. Sammelt die Lebensmittel ein. Wir ziehen in eine andere Höhle um.« Mit der freien Hand zeigte sie auf das kleine Fremdwesen. »Das ist Lek. Er und sein Volk brauchen unsere Hilfe und Freundschaft. Er wird vorausgehen. Wir alle müssen ganz still sein, damit wir nicht die Cardassianer auf uns aufmerksam machen.«

Lek und Nog beratschlagten einen Augenblick lang und gingen dann in den Urwald davon. Ein paar Minuten später kehrten sie mit langen Stöcken, mehreren großen Blättern und einigen Schlingpflanzen zurück. Gemeinsam bauten der Trofar und der Ferengi schnell eine Trage daraus. Mrs. O'Brien half ihnen, den noch immer schlafenden Piloten darauf zu legen. Jake ging sofort an die Spitze der kleinen Kolonne. Zu seiner Überraschung bestand Laren darauf, die Nachhut zu bilden.

Lek zeigte ihnen den Weg, und sie brachen noch in der Dämmerung auf. Es war unheimlich, bei Sonnenaufgang durch den dichten Urwald zu gehen. Alles war in ein grünes Licht getaucht, und überall um sie herum begrüßten die Pflanzen die Sonne. Große Blumen, die sich die Nacht über zusammengerollt hatten, erwachten und öffneten sich, um ja keine Strahlen zu verpassen. In der Ferne konnte man mehrere Heulbojen hören, die kreischend durch die Büsche rollten. Sie mußten mehreren Kribbelgewirren ausweichen, die auf nichtsahnende Beute warteten, aber sonst schien sich nichts für sie zu interessieren. Der Tag war bereits warm, und der Marsch konnte einem wie ein Spaziergang im Park vorkommen. Es war nicht ganz leicht, sich immer wieder in Erinnerung zu rufen, daß alle Mitglieder der kleinen Gruppe von Cardassianern gejagt wurden. Hier kam es einem so angenehm und friedlich vor.

Der Marsch dauerte nicht lange. Innerhalb von fünfzehn Minuten erreichten sie einen anderen Höhleneingang. Lek grinste und winkte sie alle hinein. Plötzlich trat aus dem Gebüsch vor ihnen ein anderer Trofar. Er mußte die Annäherung der Gruppe beobachtet haben, doch Jake hatte keine Spur von ihm gesehen, bis er aus dem Unterholz gekommen war. Er sah fast genauso aus wie Lek, doch seine Jacke war wesentlich dunkler als Leks leuchtend hellgrüne.

»Freunde das sind«, sagte Lek zu seinem Gefährten, der die Schüler erstaunt betrachtete. »Helfen sie werden. Hassen die Cardassianer auch sie.«

Der Wachtposten der Trofar nickte ernst. »Willkommen dann sie sind.« Er bedachte alle mit einem Lächeln und verschwand dann wieder zwischen dem Blattwerk. Nach einer Sekunde war nichts mehr von ihm zu sehen.

Lek bedachte Jake mit einem ermutigenden Nicken. »Wächter er ist. Wenn kommen werden die Cardassianer, warnen er uns wird.« Er ging in die Höhle voran.

Sie ähnelte der, die sie gerade verlassen hatten,

schien aber tiefer und höher zu sein. In regelmäßigen Abständen waren Leuchtstäbe in den Boden eingelassen worden, deren Licht auf mehrere sich zusammendrängende Gruppen fiel. Jake schnappte nach Luft und starrte die Trofar an. Es waren etwa zwanzig, die meisten davon Frauen. Von denen hatten fast alle angeschwollene Leiber und schienen unmittelbar vor der Niederkunft zu stehen. Bei einer Trofarfrau hatte der Nachwuchs sich bereits eingestellt, und sie drückte ein winziges Wollknäuel schützend an ihre Brust. Jake sah das Schimmern der elektronischen Teile an allen Trofar, sogar an dem neugeborenen Säugling.

Überall in der Höhle verstreut lagen die Überreste der gestohlenen Gegenstände. Alle größeren Geräte waren auseinandergenommen und benutzt worden, um kleinere Implantate zu bauen. Die Hüllen der Tricorder waren wie zerschlagene Eierschalen beiseite geworfen worden. Auch die anderen Instrumente waren ausgeschlachtet worden. Mehrere Trofar – Männer wie Frauen – waren noch damit beschäftigt, die elektronischen Materialien auseinanderzunehmen und die nötigen Implantate für die bevorstehenden Geburten zu bauen.

Alles hielt inne, als die kleine Gruppe die Höhle betrat. Helle, verängstigte Augen starrten die Neuankömmlinge an. Lek riß die Hände hoch. »Freunde das sind«, erklärte er laut. »Helfen sie uns werden.« Er zeigte auf Mrs. O'Brien. »Mutter auch sie ist.«

»Die armen Geschöpfe«, sagte Mrs. O'Brien leise, nachdem sie sich umgeschaut hatte. »Ich mache mich lieber an die Arbeit. Jake, du und Laren, ihr beide bringt Lieutenant Danvers zu diesen Felsen dort hinüber. Dann kann ich auf alle gleichzeitig ein Auge werfen. Die anderen setzen sich irgendwo hin, achten

aber darauf, daß sie die Trofar nicht stören.« Sie ging zu der größten Frauengruppe hinüber und begann sofort damit, sie so gut wie möglich zu untersuchen.

Nachdem Jake den Piloten so bequem gebettet hatte, wie es ihm möglich war, kehrte er sofort wieder zu seinen Freunden zurück. Ashley und T'Ara untersuchten die Überreste der gestohlenen Geräte, doch sogar Jake sah, daß es sinnlos war, auch nur daran zu denken, einen Subraumsender zu bauen. »Also bekommen wir keine Nachricht heraus?« fragte er.

»Nicht mit diesen Sachen«, erwiderte Ashley. Sie klang sehr niedergeschlagen. »Diese Trofar sind einfach zu gut im Ausschlachten von Bergegut. Sogar noch besser als Nog.«

»Niemand ist besser als ich«, sagte Nog verschnupft.

»Dann überleg *du* dir mal, wie wir einen Notruf ausschicken wollen«, fauchte Ashley.

»Meinetwegen«, stimmte Nog zu und drehte sich zu Lek um. »Haben die Cardassianer noch einen Subraumsender an Bord?«

Ashley lachte ungläubig auf. »Glaubst du etwa, du kannst bei ihnen anklopfen und fragen, ob du mal telefonieren darfst?« sagte sie.

»Ich dachte eigentlich daran, den Sender *auszubauen*«, erwiderte Nog würdevoll.

»Zu spät du kommst«, klärte Lek ihn auf. »Ausgebaut er schon ist.«

Nog seufzte. »Warum habe ich erwartet, daß du das sagst?«

»Augenblick mal«, warf Jake ein. In seinem Hinterstübchen entstand eine Idee. »Ich glaube, der Ansatz war gar nicht mal falsch. Wir haben keine elektronischen Geräte mehr, aber die Cardassianer wohl.«

Lek schüttelte den Kopf. »Genommen wir alles haben. Tricorder, Funkgerät, alles wir erbeutet haben.«

»Nicht *alles*«, erwiderte Jake grinsend. »Sie haben noch ein flugfähiges Raumschiff.«

Seine Freunde starrten ihn an, als sei er verrückt. T'Ara runzelte die Stirn so stark, daß ihre Brauen fast mit ihrem Pony zusammenzuwachsen schienen. »Willst du etwa vorschlagen ...?«

»Ja.« Jake kicherte. »Stehlen wir einfach ihr ganzes Schiff!«

# 12

»Gestoßen den Kopf dir du hast?« fragte Lek mit großen Augen. »Träumst vielleicht du?«

»Ich bin nicht verrückt, und ich träume auch nicht«, erwiderte Jake. »Hört zu, das ist unsere einzige Chance, von hier wegzukommen, oder?«

»Du bist tatsächlich verrückt«, sagte Ashley zu ihm. »Wir können doch nicht gegen sechs bewaffnete Cardassianer kämpfen!«

»Das müssen wir auch nicht«, entgegnete Jake. »Vier von ihnen suchen nach uns. Nur zwei sind bei dem Schiff geblieben. Und die werden keinen Ärger erwarten. Wahrscheinlich sollen sie nur dafür sorgen, daß die Trofar nicht noch weitere Gegenstände stehlen.«

»Stimmt das«, erklärte Lek fröhlich.

»Ja«, sagte Nog bewundernd. »Sie stehlen alles, was nicht niet- und nagelfest ist.«

»Festgenagelte Dinge wir auch stehlen«, sagte Lek stolz. »Sogar Nägel wir stehlen.« Dann runzelte er die Stirn. »Raumschiffe wir nicht stehlen.«

»O doch, die stehlt ihr auch«, warf T'Ara ein. »Ihr habt uns erzählt, daß ihr das gestohlen habt, mit dem ihr den Cardassianern entkommen seid.«

Lek neigte den Kopf zur Seite. »Stimmt das. Auch Raumschiffe wir stehlen.«

»Genau«, sagte Jake. »Dieses Raumschiff stehlen wir werden. Äh ... ihr wißt, was ich meine. Wir müssen uns nur mit den beiden Cardassianern befassen, die noch im Schiff sind.«

»Ja, klar doch«, sagte Ashley. »Zwei Cardassianer? Kein Problem. Jake, wir haben nicht mal Waffen!«

Nog grinste. »Klar haben wir die.«

Ashley funkelte ihn wütend an. »Was? Hast du ein Pusterohr in deinem Ohr versteckt?«

Nog schüttelte den Kopf. »Dein Problem ist, daß du nie gelernt hast, irgend etwas richtig auszuschlachten. Man kann sich Waffen auch zusammenbasteln.«

T'Ara zog eine Braue hoch. »Vielleicht könnten wir Pfeile und Bogen anfertigen. Oder Speere.«

Ashley schüttelte den Kopf. »Zuerst einmal, T'Ara, auch wenn wir sie *anfertigen* können, heißt das noch lange nicht, daß wir sie auch benutzen können. Hast du jemals versucht, mit Pfeil und Bogen zu schießen? Auf jemanden, der mit einem Phaser bewaffnet ist? Und zweitens müßten wir sie damit verletzen oder sogar töten, und ich glaube nicht, daß wir dazu imstande sind, auch wenn es sich um Cardassianer handelt.«

»Töten wir nicht«, stimmte Lek ihr zu.

»An so eine Waffe dachte ich auch nicht«, sagte Nog. »Ich dachte an die Pflanzen.« Als er ihren verständnislosen Gesichtsausdruck sah, seufzte er. »Hört zu, das pflanzliche Leben hier ist doch sehr anpassungsfähig, nicht wahr? Eine Trofarfalle habe ich schon konstruiert. Ich wette, eine Cardassianerfalle kriegen wir genauso schnell hin.«

Jake nickte begeistert. »Eine hervorragende Idee! Ich wette, uns fällt eine todsichere Möglichkeit ein, wie wir dieses cardassianische Schiff erobern können.«

»Möglich wäre es«, gestand T'Ara vorsichtig ein. »Aber was tun wir, wenn wir es erst einmal haben? Lieutenant Danvers ist unser einziger Pilot, und er kann nicht einmal laufen, geschweige denn ein Shuttle fliegen.«

Lek knurrte und schlug sich auf die Brust. »Pilot ich bin!« rief er. »Alles fliegen ich kann. *Wusch!* Von diesem Planeten wir verschwinden.«

Ashley sah ihre Freunde an und zuckte dann mit den Achseln. »Na ja, vielleicht ist es möglich«, gestand sie zögernd ein. »Aber glaubt ihr, Mrs. O'Brien wird damit einverstanden sein? Sie wird im Sechseck springen!«

»Nur, wenn wir es ihr sagen«, warf Jake zögernd ein. Ihm gefiel die Vorstellung nicht, ihrer Lehrerin ihren Plan zu verschweigen, doch er wußte, daß Mrs. O'Brien *tatsächlich* im Sechseck springen und es ihnen konsequent verbieten würde. »Laren wird uns bestimmt Deckung geben und auf ihre Freunde aufpassen. Und Mrs. O'Brien ist mit den Babys beschäftigt. Wir müssen es einfach versuchen. Sonst werden die Cardassianer uns irgendwann erwischen, nicht wahr? Das heißt, daß Lek und seine Leute gezwungen sind, für die Cardassianer zu spionieren, wenn sie nicht getötet werden wollen.« Er runzelte die Stirn. »Und da wir jetzt von den Trofar wissen, werden die Cardassianer uns wohl kaum freilassen, oder?«

»Das wäre unlogisch«, stimmte T'Ara ihm zu. »Wahrscheinlicher ist, daß sie uns töten werden.«

»Ein oder zwei Erwachsene sollten uns auf jeden Fall begleiten«, führte Nog an. »Ihr seid doch erwachsen, oder?«

»Sehr erwachsen ich bin«, bestätigte Lek.

»Also«, fragte Jake, »glaubst du, du könntest uns mit einem deiner Freunde helfen, das cardassianische Schiff zu übernehmen?«

Lek grinste zufrieden. »Ein sehr großes Vergnügen es wird sein. Tad uns helfen wird. Gemeinsam die Cardassianer wir besiegen werden.«

Jake nickte. »Hoffentlich hast du recht.«

Tad war der Trofar, der draußen vor der Höhle Wache hielt. Ein anderer Trofar löste ihn ab. Während Mrs. O'Brien die werdenden Mütter versorgte, warf Jake einen Blick auf Lieutenant Danvers. Der Pilot atmete jetzt ganz flach, und sein Bein war geschwollen. Er war blaß, und offensichtlich ging es ihm sehr schlecht. Jake war überzeugt, daß der Pilot ohne medizinische Hilfe sterben würde. Das bekräftigte seinen Entschluß, den geplanten Überfall auf die Cardassianer durchzuführen. Er sprach mit Laren und erzählte ihr von ihrem Plan.

»Ich will mitkommen«, sagte sie energisch. »Ich kann dir eine größere Hilfe sein als jeder andere.«

»Und wer wird auf Bakis und die anderen aufpassen?« fragte Jake sie. »Er steht doch schon wieder kurz vor einem Tränenausbruch. Du bist die einzige, die ihnen Mut zusprechen kann. Und verhindern kann, daß Mrs. O'Brien uns auf die Schliche kommt.«

Laren seufzte. »Mir gönnt man nie einen Spaß. Aber wahrscheinlich hast du recht.« Sie grinste. »Ich bleibe – aber beim nächsten Krieg, den du anfängst, will ich mitmischen, klar?«

»Versprochen«, stimmte Jake zu.

Während Mrs. O'Brien abgelenkt war, gelang es Jake, Nog, Ashley, T'Ara, Lek und Tad, sich unbemerkt aus der Höhle zu schleichen. Schnell drangen sie durch den Dschungel zu der Landestelle des cardassianischen Schiffs vor. Tad ging als Späher voraus, um sie zu warnen, falls die nach ihnen suchenden Cardassianer in ihre Nähe kommen sollten.

Trotzdem bewegten sie sich ganz leise und blieben unterwegs mehrmals stehen, um die Pflanzen zu sammeln, aus denen sie ihre Waffen fertigen wollten. Einmal mußten sie durch einen schmalen Bach waten, der genauso seltsam wie der Planet an sich war. Hier gab es natürlich keine Fische, aber kleine, wie Seerosenblätter aussehende Pflanzen, die sich auf dem Wasser bewegten, große, vertikale Blätter wie Segel benutzten und Ranken ins Wasser baumeln ließen, um andere Pflanzen zu ergreifen und dann zu verzehren.

Tad ließ sie einmal einen kleinen Umweg machen, um der Gruppe Cardassianer auszuweichen, die ihnen zu nahe kam. Dank seiner Warnung konnten sie ihren Häschern aber rechtzeitig ausweichen. Und am Ende eines Marsches von drei Stunden ließ er sie erneut anhalten.

»Voraus das Schiff liegt«, meldete er leise. »Draußen Wache ein Cardassianer hält.«

Jake nickte. »Dann muß der zweite im Schiff sein. Sonst noch etwas?«

»Energiefeld vor der Tür liegt«, sagte Tad.

»Uns nicht aufhalten wird«, stellte Lek klar. »Euch aufhalten wird. Der bewaffnete Wache haltende Cardassianer uns alle aufhalten wird.«

»Genau«, sagte Jake. »Also haben wir nur einen Versuch. Sind alle bereit?« Er sah sie nacheinander an, und alle nickten. Er schluckte hart und versuchte, gegen seine Besorgnis und Nervosität anzukämpfen. »Also schön – nehmt eure Positionen ein. Der Überfall beginnt!«

# 13

Jake wußte, daß die Cardassianer nicht davor zurückschrecken würden, scharf zu schießen, wenn ihr Angriff mißlang. Von seinem Versteck aus konnte er das Schiff und den Wächter sehen. Sie befanden sich etwa zwölf Meter entfernt auf einer kleinen Lichtung. Das Schiff war ein uraltes Patrouillenboot, wahrscheinlich ein Überbleibsel aus den Kriegen zwischen Cardassia und Bajor, doch es schien in voll flugtauglichem Zustand zu sein. Der Wächter war groß, unglaublich schlank und grau und hatte wie alle Cardassianer einen Kopf, der an den einer Schlange erinnerte. Er hielt ein Intervallergewehr in den Händen, doch die Mündung zeigte zu Boden. Er war zwar wachsam, rechnete offensichtlich aber nicht mit Schwierigkeiten.

Aber er würde Schwierigkeiten bekommen. Jake hielt die Kapsel des Kribbelgewirrs ganz vorsichtig in den Händen. Sobald er das Signal hörte, würde er Gelegenheit bekommen, seine in den Holo-Kammern eingeübte Baseball-Technik in die Praxis umzusetzen.

Nog mußte doch bestimmt schon in Position sein ... Wie lange mußte Jake hier noch nervös und schwitzend sitzen und auf das Signal warten?

Dann hörte er es. Ein krachendes Geräusch im Unterholz rechts vom Schiff. Der Wächter wirbelte plötzlich herum und riß sein Gewehr hoch, als auch schon ein schreckliches Jaulen und Kreischen losbrach. Die Heulboje, die Nog freigelassen hatte, lief über die Lichtung und brüllte sich ihre nicht vorhandene

Lunge aus dem Leib. Der Wächter war solche Geräusche offensichtlich gewöhnt, entspannte sich sichtlich und senkte seine Waffe. Nun wandte er Jake den Rücken zu.

Jake erhob sich leise, bog den Arm zurück und warf. Wie ein Baseball zischte die Kapsel des Kribbelgewirrs durch die Luft. Ein perfekter Wurf! Die Kapsel prallte gegen den Rücken des unvorbereiteten Cardassianers und brach auf.

Mit hektischen Bewegungen schossen die Tentakel des Kribbelgewirrs hervor und umschlangen den verblüfften Wächter. Ein Licht blitzte auf, als die elektrische Ladung der Kapsel durch den Cardassianer fuhr. Mit einem verblüfften Grunzen brach der Wächter betäubt zusammen.

Lek und Tad schossen aus dem Urwald hervor; in ihren Händen hielten sie Lassos, die sie aus Schlingpflanzen geknüpft hatten. Bevor der benommene Cardassianer reagieren konnte, hatten sie ihn damit gefesselt. Sie drückten ihm ein klebriges Blatt auf den Mund, um zu verhindern, daß er einen Warnschrei von sich gab.

Ashley und T'Ara schlüpften aus ihrem Versteck und liefen zu ihnen. Jake und Nog traten neben den Wächter und behielten ihn im Auge, während die beiden Trofar ihre Aufgabe erfüllten. Die Luke des cardassianischen Schiffs war geöffnet, doch darin schimmerte schwach ein Energiefeld. Lek grinste und kniff ein Auge zu. Dann schlüpfte er einfach seitwärts durch das Kraftfeld. Seine elektronischen Implantate leuchteten auf und flackerten, als sie das Feld spalteten, das eigentlich alle Gegenstände und Lebewesen draußen halten sollte. Jake wurde nun klar, warum die Cardassianer verzweifelt bemüht waren, die Trofar zurückzuholen und in ihre Knechtschaft zu zwingen. Vor diesen kleinen Wesen war nichts sicher!

Ashley wartete darauf, Lek folgen zu können, sobald er im Inneren des Schiffes das Energiefeld ausgeschaltet hatte. Sie und T'Ara hielten ebenfalls ihre Pflanzenwaffen bereit. Einen Augenblick, nachdem Lek das Schiff betreten hatte, brach die Barriere zusammen. Die beiden Mädchen liefen hinein, Jake, Nog und Tad folgten ihnen.

Im Schiff roch es etwas muffig, und die Beleuchtung war ziemlich gedämpft. Jake blinzelte, um sich daran zu gewöhnen, und rannte dann seinen Freunden in die Zentrale hinterher. Als er sie erreichte, war der zweite Cardassianer bereits von zwei Kribbelge-

wirren umschlungen. Als er zusammenbrach, schlangen die Trofar ihre pflanzlichen Seile um ihn und zogen sie straff. Sie hoben ihn gemeinsam hoch und liefen zu der Luke zurück. Mit großer Freude warfen sie ihn hinaus und schlossen die Schleuse hinter ihm.

Die beiden Trofar liefen tanzend und vor Freude klatschend in die Zentrale zurück. »Sehr, sehr gut wir sind!« krähte Lek. »Sehr, sehr klug und sehr, sehr tapfer!« Er grinste Jake und dessen Freunden breit zu. »Brillant und tapfer auch ihr alle seid!«

Ashley war in den Sessel des Kopiloten geschlüpft und überprüfte das Schaltpult. »Tja, das Schiff scheint in flugbereitem Zustand zu sein«, erklärte sie. Sie tippte mit dem Finger auf eine Schalttafel, in der sich ein verdächtiges Loch befand. »Die Trofar haben anscheinend nur die Sensoren und das Funkgerät stehlen können, bevor die Cardassianer das Schiff versiegelt haben.«

»Sie gestohlen wir haben«, sagte Lek und ließ sich in den Pilotensessel fallen. »Zum Fliegen wir sie nicht brauchen.«

Nog starrte die Kontrollen an, die alle in cardassianischer Schrift bezeichnet waren. »Du kannst dieses Gekritzel lesen?« fragte er Ashley erstaunt.

»Nee«, gestand sie ein und tippte auf die Kontrollen. »Aber die Systeme in diesem Ding sind genau wie die auf der Station. Und die kann ich rückwärts im Schlaf aufsagen. Das hier müßte also ein Kinderspiel sein. Ich gebe dem Triebwerk Saft«, informierte sie Lek. »Wie sieht es aus?«

»Sehr, sehr wunderbar es aussieht«, antwortete der Trofar. »Aufwärts und vorwärts wir fliegen!« Mit einem vergnügten Heulen schob er die letzten Hebel zurück und ergriff dann die Lenksäule.

Jake wäre fast zu Boden gestürzt, als das cardassianische Schiff sich plötzlich in die Luft hob. Er suchte nach einem sicheren Halt und klammerte sich daran fest, als hinge sein Leben davon ab. Lek hatte offensichtlich die Wahrheit gesagt, als er behauptete, er könne das Schiff fliegen, doch offensichtlich hätte er noch ein paar Flugstunden vertragen können. Das Schiff sträubte sich und zitterte, während es immer höher stieg.

»Wir haben es geschafft!« rief Jake glücklich und grinste seine Freunde an. Selbst T'Ara war so zufrieden, daß sie das Lächeln erwiderte, bevor ihr einfiel, daß sie Vulkanierin war und keine Gefühle zeigen durfte.

Der Flug zur Höhle dauerte keine drei Minuten. Jake fragte sich, was wohl die vier Angehörigen des cardassianischen Suchtrupps dachten, als sie das Schiff über sie hinwegrasen sahen. Wahrscheinlich würden sie erst in einer Weile begreifen, daß sie nun auf dieser Welt gestrandet waren. Aber er wünschte, er könnte ihre Gesichter sehen, wenn ihnen endlich ein Licht aufging!

Jake sah, wie der Bergzug über den Bäumen auftauchte, und dann legte Lek eine holprige, aber sichere Landung hin. Die Schüler und die Trofar, die sich in der Höhle verbargen, würden bestimmt davon ausgehen, daß die Cardassianer sie irgendwie gefunden hatten, und Jake konnte sich vorstellen, daß sich bereits Panik unter ihnen ausbreitete. Das Schiff hatte kaum aufgesetzt, als er, Nog und Tad zur Luke liefen und auf die Kontrollen hämmerten, um sie zu öffnen. Dann stürmten sie schon hinaus.

»Alles in Ordnung!« rief Jake aus vollen Lungen. »Wir sind es nur! Wir haben das cardassianische Schiff geklaut!«

Zwei Trofar kamen augenblicklich zwischen den

Bäumen hervor und betrachteten die drei Neuankömmlinge verblüfft. »Erstaunt ich bin!« sagte der eine von ihnen. »Unglaublich es ist!«

»Das könnt ihr laut sagen«, pflichtete Nog ihm bei. »Sind wir nicht einfach toll?«

Als Jake und Nog die Höhle erreichten, hatten sich fast alle männlichen Trofar zu ihnen gesellt. Mrs. O'Brien stand in der Öffnung und betrachtete sie verwundert – und sah dann an ihnen vorbei zu dem wartenden Schiff.

»Was habt ihr getan?« keuchte sie.

»Wir haben das cardassianische Schiff erbeutet«, sagte Jake stolz. »Jetzt können wir den Planeten verlassen.«

Die Lehrerin schüttelte ungläubig den Kopf. »Das ist doch nicht zu fassen«, sagte sie. Dann richtete sie ihren Blick auf ihn. »Wenn wir wieder auf Deep Space Nine sind, werdet ihr uns das erklären müssen«, sagte sie. »Und dann werden dein Vater und ich wahrscheinlich Streichhölzer ziehen, um zu entscheiden, wer von uns euch bei lebendigem Leib die Haut abziehen darf.«

Jake wurde plötzlich klar, daß er und seine Freunde im Augenblick zwar Helden sein mochten – sich das aber ganz schnell ändern konnte, sobald sie wieder zu Hause waren. Sie waren in der Tat ein fürchterliches Risiko eingegangen, aber welche Wahl hatten sie gehabt? Andererseits … würde sein Vater es auch so sehen?

»Tolle Sache«, sagte Laren anerkennend. »Ich wünschte nur, ich hätte euch eine noch größere Hilfe sein können.«

Mrs. O'Brien verschwendete keine Zeit. Sie ließ die schwangeren Trofar sofort von den Schülern an Bord des Schiffes bringen. Jake und Laren schleppten die Trage an Bord. Lieutenant Danvers war noch bewußtlos, aber wenigstens würde es nicht mehr lange dauern, bis er an Bord der Station vernünftige medizinische Hilfe bekam.

Bakis fing wieder an zu greinen. »Hier drin riecht es aber komisch«, beklagte er sich.

»Dann hör auf zu atmen«, sagte Laren ohne das geringste Mitgefühl. »Wir fliegen nach Hause.«

Jake wünschte, er wüßte, was mit ihm passierte, wenn sie zu Hause eingetroffen waren …

Jakes Vater hörte sich auch den Rest der Geschichte schweigend an und erhob sich dann langsam. Jake schaute nervös zu Nog, Ashley und T'Ara hinüber und fragte sich, ob auch sie Ärger bekommen würden. Doch statt etwas zu ihnen zu sagen, wandte Commander Sisko sich Lek zu.

»Und wie geht es Ihren Leuten jetzt?« fragte er. »Wenn ich es richtig verstanden habe, hat Dr. Bashir ihnen bei den Geburten geholfen?«

»Gut es ihnen geht«, erwiderte der Trofar. »Fasziniert der Arzt ist. Von Artikeln er spricht, die schreiben er will. Gesund und stark die Babys sind. Glücklich und zufrieden die Mütter sind.«

»Es freut mich sehr, das zu hören«, erwiderte der Commander. »Wie sehen Ihre Pläne aus? Wollen Sie wieder auf Ihre Heimatwelt zurückkehren?«

»Leider sagen ich muß, das möglich nicht ist«, erwiderte Lek und schaute zu Boden. »Nicht mehr wie andere Trofar wir sind. Willkommen wir nicht wären. Ausgestoßene wir sind.«

»Das ist eine Schande.« Jakes Vater tippte etwas in sein elektronisches Notizbuch ein. »Also suchen Sie eine neue Heimat? Starfleet würde Ihnen in dieser Hinsicht sehr gern helfen.«

Lek rümpfte die Nase, während er sich konzentrierte. »Spione und Saboteure gegen die Cardassianer wir sollen sein?« fragte er mißtrauisch.

»Nein. So etwas ist in der Föderation nicht üblich. Wir wollen nur, daß Sie glücklich sind.« Er legte eine Hand auf Leks kleine Schulter. »Sie und Ihre Leute können selbst entscheiden, was Sie tun wollen. Niemand in der Föderation wird Ihnen irgend etwas aufzwingen, das Sie nicht wollen.«

»Gut das ist«, sagte Lek glücklich. »Neue Heimat wir finden werden.«

»Dann dürfte ja alles geklärt sein«, sagte Commander Sisko. »Dr. Bashir hat mir mitgeteilt, daß wir Ihre Abhängigkeit von den Implantaten beenden können, falls Sie das möchten. Jedenfalls ist er in dieser Hinsicht sehr zuversichtlich. Letztlich bleibt es jedoch Ihre Entscheidung.«

»Darüber nachdenken wir werden«, erkläre Lek.

»Gut. Und Dr. Bashir hat mir ebenfalls gesagt, daß Sie Lieutenant Danvers Leben gerettet haben, indem Sie ihn hierher zurückgebracht haben. Er befindet sich bereits auf dem Weg der Besserung. Das wäre im Augenblick dann alles, glaube ich.«

»Aber was ist mit den Cardassianern?« rief Ashley. »Sie haben die Trofar verletzt und unseren Flitzer abgeschossen. Sollten sie nicht bestraft werden?«

Jakes Vater lächelte verkniffen. »Ich bin sicher, sie *werden* bestraft werden – von ihren eigenen Leuten. Weil sie die Trofar entkommen ließen.«

»Wenn man vom Teufel spricht«, sagte Major Kira auf der anderen Seite des Raums. »Gul Dukat möchte Sie sprechen.«

Commander Sisko runzelte die Stirn. »Stellen Sie durch.«

Der kleine Bildschirm vor ihm erhellte sich und zeigte das graue Gesicht des Cardassianers, der früher Deep Space Nine kommandiert hatte. »Commander Sisko, ich habe gehört, daß ein paar Ihrer Leute eine unglückliche Begegnung mit ein paar Verbrechern aus meinem Volk hatten.«

»Verbrecher?« fragte Jakes Vater ruhig. »Ich hatte den Eindruck, daß es sich um cardassianisches Militärpersonal handelte.«

Gul Dukat gelang es, angesichts dieses Gedankens ganz erstaunt dreinzublicken. »Was für eine Vorstellung! Nein, wirklich – es handelte sich um eine kleine

Gruppe gemeingefährlicher Verbrecher, die illegale wissenschaftliche Experimente durchführten.«

»Ich verstehe«, sagte der Commander. »Und sie hatten nicht das geringste mit dem cardassianischen Militär zu tun?«

»Absolut nicht.« Gul Dukat lächelte. »Aber meine Leute haben sie alle verhaftet, und ich versichere Ihnen, daß sie gebührend bestraft werden.«

»Ich bin erleichtert, das zu hören«, sagte Commander Sisko. »Und ich gehe davon aus, daß Sie nicht den Wunsch verspüren, die Trofar jemals wiederzusehen?«

»Ich habe noch nie einen Trofar gesehen«, sagte Gul Dukat. »Wie könnte ich mir da wünschen, einen wiederzusehen? Als eine Geste unseres guten Willens habe ich Ihren Flitzer bergen lassen; wir werden Ihnen das Schiff in Kürze übergeben. Natürlich werden wir für die Kosten sämtlicher Reparaturen aufkommen.« Er breitete die Hände aus. »Ich darf mich noch einmal für diese bedauerlichen Ereignisse entschuldigen.« Der Bildschirm wurde dunkel.

»Ein Lügner das ist«, fauchte Lek. »Sehr, sehr schlimm gelogen er hat.«

»Davon bin ich überzeugt«, sagte Jakes Vater und nickte. »Aber das können wir im Augenblick nicht beweisen. Und obwohl er und sein Volk Ihnen einige sehr schreckliche Dinge angetan haben, sind Sie jetzt frei. Sie haben sogar ein eigenes Raumschiff und müssen eine Menge gesunder Kinder behüten. Und da wir gerade von Kindern sprechen ...« Er sah Jake an. Jakes Gesicht lief rot an. »Ihr vier wart sehr tapfer. Und auch sehr dumm. Doch ich bin der Ansicht, daß ihr unter den gegebenen Umständen nicht anders handeln konntet, als ihr gehandelt habt.« Er lächelte fast. »Das habt ihr gut gemacht. Aber solltet ihr so etwas je wieder versuchen, werde ich euch alle in eine Arrestzelle sperren lassen, bis ihr hundert Jahre alt seid. Wegtreten.« Er wandte ihnen den Rücken zu.

Jake zögerte nicht unnötig. Er führte die anderen hinaus und seufzte vor Erleichterung, als die Tür sich hinter ihnen schloß. »Da sind wir noch mal gut davongekommen«, murmelte er.

Nog verzog das Gesicht. »Ich bin der Ansicht, man hätte uns mit Orden auszeichnen müssen.«

»Ich bin nur froh, daß man uns nicht bestraft hat«, gestand Ashley ein.

»Nog!« Sie alle hörten Quarks Stimme. Der Ferengi kam schnell auf sie zu. »Ich habe gehört, daß du zurück bist. Ich habe mir solche Sorgen gemacht!«

Nog schaute überrascht und zufrieden drein. »Um mich?« fragte er.

»Um dich? Nein. Um die Pflanzenproben.« Quark blieb abrupt stehen und sah ihn besorgt an. »Du hast doch nicht vergessen, Proben mitzubringen, oder?«

»Nein.« Nog seufzte und gab ihm seinen Rucksack. »Sie sind hier drin.«

»Ich kann es kaum erwarten, sie mir anzusehen!« sagte Quark strahlend. »Damit werde ich mir eine goldene Nase verdienen!« Er riß den Rucksack an sich und eilte davon, während er bereits an den Schnallen hantierte.

»*Wir* werden uns goldene Nasen verdienen!« rief Nog ihm nach. Dann sah er seine Freunde an. »Er wird versuchen, mich hereinzulegen«, sagte er. »Ich weiß es einfach.«

T'Ara neigte ernst den Kopf. »Es ist logisch, daß er es versuchen wird.«

Jake grinste. »Na ja, uns ist nichts passiert, und ...«

Er hielt inne, als hinter der nächsten Ecke ein schrecklicher Schrei erklang.

»Das war Onkel Quark!« rief Nog. »Was ist passiert?« Er wollte loslaufen, doch Jake hielt ihn am Arm fest.

»Ich glaube, er hat gerade einen Stasisbeutel mit dem Kribbelgewirr geöffnet, das du mitgebracht hast«, sagte er. »Das ist vielleicht nicht der beste Augenblick, um mit ihm über deinen Anteil am Gewinn zu sprechen.«

Nog schluckte und nickte. »Ich glaube, es ist der richtige Augenblick, um sich irgendwo zu verstecken!« Er lief in entgegengesetzter Richtung den Gang entlang, so schnell er konnte.

Ashley lächelte. »Tja, ich glaube, hier ist alles wieder ganz normal.«

»Ich glaube, du hast recht«, pflichtete Jake ihr bei. Es war schön, wieder auf der Station zu sein. »Ich glaube, du hast recht.«

STAR TREK™

in der Reihe
HEYNE SCIENCE FICTION & FANTASY

STAR TREK: CLASSIC SERIE

*Vonda N. McIntyre,* Star Trek II: Der Zorn des Khan · 06/3971
*Vonda N. McIntyre,* Der Entropie-Effekt · 06/3988
*Robert E. Vardeman,* Das Klingonen-Gambit · 06/4035
*Lee Correy,* Hort des Lebens · 06/4083
*Vonda N. McIntyre,* Star Trek III: Auf der Suche nach Mr. Spock · 06/4181
*S. M. Murdock,* Das Netz der Romulaner · 06/4209
*Sonni Cooper,* Schwarzes Feuer · 06/4270
*Robert E. Vardeman,* Meuterei auf der Enterprise · 06/4285
*Howard Weinstein,* Die Macht der Krone · 06/4342
*Sondra Marshak & Myrna Culbreath,* Das Prometheus-Projekt · 06/4379
*Sondra Marshak & Myrna Culbreath,* Tödliches Dreieck · 06/4411
*A. C. Crispin,* Sohn der Vergangenheit · 06/4431
*Diane Duane,* Der verwundete Himmel · 06/4458
*David Dvorkin,* Die Trellisane-Konfrontation · 06/4474
*Vonda N. McIntyre,* Star Trek IV: Zurück in die Gegenwart · 06/4486
*Greg Bear,* Corona · 06/4499
*John M. Ford,* Der letzte Schachzug · 06/4528
*Diane Duane,* Der Feind – mein Verbündeter · 06/4535
*Melinda Snodgrass,* Die Tränen der Sänger · 06/4551
*Jean Lorrah,* Mord an der Vulkan Akademie · 06/4568
*Janet Kagan,* Uhuras Lied · 06/4605
*Laurence Yep,* Herr der Schatten · 06/4627
*Barbara Hambly,* Ishmael · 06/4662
*J. M. Dillard,* Star Trek V: Am Rande des Universums · 06/4682
*Della van Hise,* Zeit zu töten · 06/4698
*Margaret Wander Bonanno,* Geiseln für den Frieden · 06/4724
*Majliss Larson,* Das Faustpfand der Klingonen · 06/4741
*J. M. Dillard,* Bewußtseinsschatten · 06/4762
*Brad Ferguson,* Krise auf Centaurus · 06/4776
*Diane Carey,* Das Schlachtschiff · 06/4804
*J. M. Dillard,* Dämonen · 06/4819
*Diane Duane,* Spocks Welt · 06/4830
*Diane Carey,* Der Verräter · 06/4848

# STAR TREK™

*Gene DeWeese,* Zwischen den Fronten · 06/4862
*J. M. Dillard,* Die verlorenen Jahre · 06/4869
*Howard Weinstein,* Akkalla · 06/4879
*Carmen Carter,* McCoys Träume · 06/4898
*Diane Duane & Peter Norwood,* Die Romulaner · 06/4907
*John M. Ford,* Was kostet dieser Planet? · 06/4922
*J. M. Dillard,* Blutdurst · 06/4929
*Gene Roddenberry,* Star Trek (I): Der Film · 06/4942
*J. M. Dillard,* Star Trek VI: Das unentdeckte Land · 06/4943
*David Dvorkin,* Die Zeitfalle · 06/4996
*Barbara Paul,* Das Drei-Minuten-Universum · 06/5005
*Judith & Garfield Reeves-Stevens,* Das Zentralgehirn · 06/5015
*Gene DeWeese,* Nexus · 06/5019
*D. C. Fontana,* Vulkans Ruhm · 06/5043
*Judith & Garfield Reeves-Stevens,* Die erste Direktive · 06/5051
*Michael Jan Friedman,* Das Doppelgänger-Komplott · 06/5067
*Judy Klass,* Der Boacozwischenfall · 06/5086
*Julia Ecklar,* Kobayashi Maru · 06/5103
*Peter Norwood,* Angriff auf Dekkanar · 06/5147
*Carolyn Clowes,* Das Pandora-Prinzip · 06/5167
*Diana Duane,* Die Befehle des Doktors · 06/5247
*V. E. Mitchell,* Der unsichtbare Gegner · 06/5248
*Dana Kramer-Rolls,* Der Prüfstein ihrer Vergangenheit · 06/5273
*Michael Jan Friedman,* Schatten auf der Sonne · 06/5179
*Barbara Hambly,* Der Kampf ums nackte Überleben · 06/5334
*Brad Ferguson,* Eine Flagge voller Sterne · 06/5349
*Gene DeWeese,* Die Kolonie der Abtrünnigen · 06/5375
*Michael Jan Friedman,* Späte Rache · 06/5412
*Peter David,* Der Riß im Kontinuum · 06/5464
*Michael Jan Friedman,* Gesichter aus Feuer · 06/5465
*Peter David/Michael Jan Friedman/Robert Greenberger,* Die Enterbten · 06/5466
*L. A. Graf,* Die Eisfalle · 06/5467
*John Vornholt,* Zuflucht · 06/5468
*L. A. Graf,* Der Saboteur · 06/5469
*Melissa Crandall,* Die Geisterstation · 06/5470
*Mel Gilden,* Die Raumschiff-Falle · 06/5471
*V. E. Mitchell,* Tore auf einer toten Welt · 06/5472
*Victor Milan,* Aus Okeanos Tiefen · 06/5473
*Diane Carey,* Das große Raumschiff-Rennen · 06/5474
*Diane Carey,* Kirks Bestimmung · 06/5476

STAR TREK™

STAR TREK: THE NEXT GENERATION

*David Gerrold,* Mission Farpoint · 06/4589
*Gene DeWeese,* Die Friedenswächter · 06/4646
*Carmen Carter,* Die Kinder von Hamlin · 06/4685
*Jean Lorrah,* Überlebende · 06/4705
*Peter David,* Planet der Waffen · 06/4733
*Diane Carey,* Gespensterschiff · 06/4757
*Howard Weinstein,* Macht Hunger · 06/4771
*John Vornholt,* Masken · 06/4787
*David & Daniel Dvorkin,* Die Ehre des Captain · 06/4793
*Michael Jan Friedman,* Ein Ruf in die Dunkelheit · 06/4814
*Peter David,* Eine Hölle namens Paradies · 06/4837
*Jean Lorrah,* Metamorphose · 06/4856
*Keith Sharee,* Gullivers Flüchtlinge · 06/4889
*Carmen Carter u. a.,* Planet des Untergangs · 06/4899
*A. C. Crispin,* Die Augen der Betrachter · 06/4914
*Howard Weinstein,* Im Exil · 06/4937
*Michael Jan Friedman,* Das verschwundene Juwel · 06/4958
*John Vornholt,* Kontamination · 06/4986
*Mel Gilden,* Baldwins Entdeckungen · 06/5024
*Peter David,* Vendetta · 06/5057
*Peter David,* Eine Lektion in Liebe · 06/5077
*Howard Weinstein,* Die Macht der Former · 06/5096
*Michael Jan Friedman,* Wieder vereint · 06/5142
*T. L. Mancour,* Spartacus · 06/5158
*Bill McCay/Eloise Flood,* Ketten der Gewalt · 06/5242
*V. E. Mitchell,* Die Jarada · 06/5279
*John Vornholt,* Kriegstrommeln · 06/5312
*Laurell K. Hamilton,* Nacht über Oriana · 06/5342
*David Bischoff,* Die Epidemie · 06/5356
*Diane Carey,* Abstieg · 06/5416
*Michael Jan Friedman,* Relikte · 06/5419
*Michael Jan Friedman,* Die Verurteilung · 06/5444
*Simon Hawke,* Die Beute der Romulaner · 06/5413
*Rebecca Neason,* Der Kronprinz · 06/5414
*John Peel,* Drachenjäger · 06/5415
*Diane Duane,* Dunkler Spiegel · 06/5417
*Susan Wright,* Der Mörder des Sli · 06/5438
*W. R. Thomson,* Planet der Schuldner · 06/5439
*Michael Jan Friedman & Kevin Ryan,* Requiem · 06/5442
*Dafydd ab Hugh,* Gleichgewicht der Kräfte · 06/5443

STAR TREK™

STAR TREK: DIE ANFÄNGE
*Vonda N. McIntyre,* Die erste Mission · 06/4619
*Margaret Wander Bonanno,* Fremde vom Himmel · 06/4669
*Diane Carey,* Die letzte Grenze · 06/4714

STAR TREK: DEEP SPACE NINE
*J. M. Dillard,* Botschafter · 06/5115
*Peter David,* Die Belagerung · 06/5129
*K. W. Jeter,* Die Station der Cardassianer · 06/5130
*Sandy Schofield,* Das große Spiel · 06/5187
*Lois Tilton,* Verrat · 06/5323
*Diane Carey,* Die Suche · 06/5432
*Esther Friesner,* Kriegskind · 06/5430
*Melissa Scott,* Der Pirat · 06/5434
*Nathan Archer,* Walhalla · 06/5512
*Greg Cox/John Gregory Betancourt,* Der Teufel im Himmel · 06/5513
*Robert Sheckley,* Das Spiel der Laertianer · 06/5514

STAR TREK: STARFLEET KADETTEN
*John Vornholt,* Generationen · 06/6501
*Peter David,* Worfs erstes Abenteuer · 06/6502
*Peter David,* Mission auf Dantar · 06/6503
*Peter David,* Überleben · 06/6504
*Brad Strickland,* Das Sternengespenst · 06/6505
*Brad Strickland,* In den Wüsten von Bajor · 06/6506
*John Peel,* Freiheitskämpfer · 06/6507
*Mel Gilden & Ted Pedersen,* Das Schoßtierchen · 06/6508
*John Vornholt,* Erobert die Flagge! · 06/6509
*V. E. Mitchell,* Die Atlantis Station · 06/6510
*Michael Jan Friedman,* Die verschwundene Besatzung · 06/6511
*Michael Jan Friedman,* Das Echsenvolk · 06/6512
*Diane G. Gallagher,* Arcade · 06/6513
*John Peel,* Ein Trip durch das Wurmloch · 06/6514
*Brad & Barbara Strickland,* Kadett Jean-Luc Picard · 06/6515

STAR TREK: VOYAGER
*L. A. Graf,* Der Beschützer · 06/5401
*Peter David,* Die Flucht · 06/5402
*Nathan Archer,* Ragnarök · 06/5403
*Susan Wright,* Verletzungen · 06/5404
*John Betancourt,* Der Arbuk-Zwischenfall · 06/5405

STAR TREK™

*Christie Golden,* Die ermordete Sonne · 06/5406
*Mark A. Garland & Charles G. McGraw,* Geisterhafte Visionen · 06/5407
*S. N. Lewitt,* Cybersong · 06/5408

DAS STAR TREK-UNIVERSUM, 2 Bde.,
**überarbeitete und aktualisierte Neuausgabe!**
von *Ralph Sander* · 06/5150

DAS STAR TREK-UNIVERSUM, Ergänzungsband
von *Ralph Sander* · 06/5151

*William Shatner/Chris Kreski,* Star Trek Erinnerungen · 06/5188
*William Shatner/Chris Kreski,* Star Trek Erinnerungen: Die Filme · 06/5450

*Phil Farrand,* Cap'n Beckmessers Führer durch STAR TREK – DIE NÄCHSTE GENERATION · 06/5199
*Phil Farrand,* Cap'n Beckmessers Führer durch STAR TREK – DIE CLASSIC SERIE · 06/5451

*Ralph Sander,* Star Trek Timer 1997 · 06/1997
*Nichelle Nichols,* Nicht nur Uhura · 06/5547
*Leonard Nimoy,* Ich bin Spock · 06/5548
*Lawrence M. Krauss,* Die Physik von Star Trek · 06/5549
*J. M. Dillard,* Star Trek: Wo bisher noch niemand gewesen ist · 06/6500
*Judith & Garfield Reeves-Stevens,* Star Trek – Deep Space Nine: Die Realisierung einer Idee · 06/5550
*Judith & Garfield Reeves-Steven,* Star Trek Design · 06/5545
*Aris Kazidian & Bruce Jacoby,* Das Star Trek Kochbuch · 06/5546

Diese Liste ist eine Bibliographie erschienener Titel
KEIN VERZEICHNIS LIEFERBARER BÜCHER!

HEYNE BÜCHER

# Michael McCollum

*schreibt Hardcore SF-Romane, die jeden Militärstrategen unter den SF-Fans und Battletech-Spieler begeistern.*

**Die Lebenssonde**
*06/5381*

**Antares erlischt**
*06/5382*

**Die Wolken des Saturn**
*06/5383*

*06/5383*

*06/5382*

Heyne-Taschenbücher